ABUFAR,

OU

LA FAMILLE ARABE,

TRAGÉDIE.

ABUFAR,

OU

LA FAMILLE ARABE,

TRAGÉDIE EN QUATRE ACTES.

Représentée, pour la première fois, à Paris, sur le théâtre de la République, le 23 Germinal, an troisième de la République.

PAR LE CITOYEN DUCIS.

BIBLIOTHÈQUE ROYALE
I

A PARIS,

Chez BARBA, Libraire, au Magasin de Pièces de Théâtre, rue André-des-Arts, n°. 27.

AN TROISIÈME.

A FLORIAN.

JE devois, mon cher ami, te dédier ma *Famille Arabe.* Tu m'en avois prédit le succès ; tu l'attendois avec impatience : j'ai eu le bonheur de l'obtenir ; et tu n'es plus ! C'étoit donc à *Florian*, que couvre un peu de terre, c'étoit donc à **ta** cendre que je devois offrir ce douloureux et dernier hommage ! Je n'irai donc plus te chercher à Seaux, dans le besoin de nous soutenir, de nous consoler l'un l'autre par les charmes si doux de l'étude et de l'amitié ! Je n'irai donc plus, sous ces magnifiques ombrages, t'attendrir encore par la lecture de quelques nouvelles productions tragiques ! Je m'en souviens : les premières larmes qu'ait fait couler mon *Abufar*, ou ma *Famille Arabe*, c'est toi qui les as versées. O Florian ! de quel coup m'a frappé ta perte imprévue ! Que de regrets elle m'a laissés !... Songer à t'aller voir, prendre mon jour d'avance, me mettre en route, approcher, découvrir le village, te surprendre, te sentir tout-à-coup dans mes bras, me nommant avec transport, et tenant encore dans ta main la plume chaste et sensible, qui n'a jamais rien écrit que pour faire aimer les mœurs et la vertu : tout ce bonheur n'est donc plus pour moi ! Un souvenir consolant me reste. Nos deux cœurs, comme par instinct, s'étoient refugiés, pour ainsi dire, dans les mêmes climats, dans

Il même retraite. Nous nous étions placés tous
les deux, dans nos ouvrages, sous les tentes
des patriarches, dans le désert, au milieu de
leurs troupeaux. O combien ton *Éliézer*, ou ton
Nouveau Poëme des Hébreux, non encore connu,
mais ton chef-d'œuvre, mais ton plus charmant
ouvrage, mais écrit sous la dictée des graces,
ou de *Fénelon*, enchantoit autour de moi, cet
été, les bosquets solitaires, les hauts peupliers
sous lesquels tu m'en fis entendre la lecture!
O combien il honore ton ame! combien il ajoute
à ta gloire! A ta gloire! et je vois le triste cyprès
qui couvre ta cendre! N'importe. Tu n'es pas
mort tout entier. Tes ouvrages sont encore entre
les mains des gens de goût. La mère sensible
et vertueuse les relit; sa jeune fille, à son
tour, en fait ses délices. Oui, ton nom vivra,
il sera immortel; il vivra, et sur-tout il
sera aimé. O Florian! l'étoit-ce avant quarante
ans que tu devois nous être ravi? Repose, ô
mon ami! repose, aimable élève de Fénelon,
peintre enchanteur de l'innocence, de la valeur,
de l'amour et de la vertu! Qu'à l'aspect du
humble cyprès qui attend ta tombe, le cœur
encore ému du souvenir de ta perte et des douces
impressions de tes ouvrages, la beauté naissante
en approche d'un pas timide et involontaire,
[illegible]

larme peut-être ; qu'elle dise enfin à sa mère
affligée : *Voilà le cyprès de Florian !* Que ne puis-
je, mon ami, y graver ces dernières paroles
qui t'échappèrent quelquefois dans le pressenti-
ment d'une mort trop prochaine : *Quand on n'a*
plus long-temps à vivre, il faut se hâter de faire
du bien.

Ton ami DUBOIS.

PERSONNAGES. ACTEURS.

Les Citoyens

ABUFAR, vieillard Arabe. . . . . *Monvel.*

FARHAN, son fils. . . . . *Talma.*

SALÉMA,
ODÉIDE, } ses filles. . . Les cit. { *Degarçins.*
Petit.

TÊNAIM, sa sœur. . . . . . *La cit.* *Valerie.*

FHARASMIN, Persan. . . . . . *Batiste aîné.*

GEMMA, jeune fille Arabe. *La cit.* *Després.*

SOBED,
KÉBIR, } jeunes Arabes attachés à la famille
SALID, } d'Abufar.

PERSONNAGES MUETS.

PLUSIEURS JEUNES ARABES attachés aussi à la famille d'Abufar.

La scène est dans l'Arabie déserte, sous les tentes d'Abufar.

ABUFAR.

ABUFAR.

ACTE PREMIER.

Le théâtre représente dans le désert les tentes éparses d'une tribu, les tentes d'Abufar et de sa famille, celle qui est destinée pour recevoir les étrangers, et un autel domestique. Une partie du désert est assez fertile : on y voit quelques pâturages, des chameaux, des chevaux, des chèvres, des brebis qui paissent en liberté ; des fleurs, quelques ruches à miel, des palmiers, les arbres qui distillent l'encens et autres productions du pays. L'autre partie du désert est stérile ; on n'y voit que des sables, quelques citernes, des puits à fleur de terre fermés avec de grosses pierres, quelques hauteurs frappées d'un soleil brûlant ; sur la plus élevée de ces hauteurs deux palmiers qui unissent leurs rameaux et dominent sur un espace immense, des tombeaux formant la sépulture de la tribu ; dans le lointain quelques cèdres, quelques ruines apperçues à peine, et, aux extrémités de l'horizon, un ciel qui se confond avec les sables.

SCÈNE PREMIÈRE.

TÉNAIM, SALÉMA, ODÉIDE.

(Elles ne travaillent point encore ; mais elles ont chacune une corbeille à leur portée : celle de Ténaïm renferme des cotoniers qu'elle doit dépouiller ; celle de Saléma des fuseaux et des laines ; et celle d'Odéide, des aiguilles et des tissus. Le jour est au moment de se lever.)

SALÉMA.

Ma sœur, qu'avec plaisir ton récit plein de charmes,
Sur ce vieillard souffrant me fait verser des larmes !

A

Si nous eussions déjà commencé nos travaux,
Il auroit de mes mains fait tomber mes fuseaux.
Heureux qui peut ainsi secourir la vieillesse,
Dans la force de l'âge assister la foiblesse,
Honorer le malheur par des soins consolans,
Et rendre, comme au ciel, hommage aux cheveux blancs!

O D É I D E.

Ecoutez-moi, ma sœur ; si mon récit vous touche,
Un autre, à votre tour, doit ouvrir votre bouche :
Si l'un plaint d'un vieillard le sort infortuné,
On plaint également l'enfant abandonné.
Ma sœur, de cet enfant racontez-nous l'histoire.

S A L É M A.

Je la voudrois plutôt bannir de ma mémoire.

O D É I D E.

Pourquoi gémir ? l'enfance a des charmes si doux !
Elle en a pour tout homme et plus encor pour nous.
C'est à nous que d'abord la nature confie
Ces chers fruits de l'hymen qui nous doivent la vie.
Mais ce trait de vertu, ce trait d'humanité,
Ma sœur, en mon absence, on vous l'a donc conté ?

S A L É M A.
Oui, ma sœur.

O D É I D E.
Et qui donc ?

S A L É M A.
                          Hélas ! ce fut ma mère.
Ce souvenir pour moi la rend encor plus chère.
Nous sortions de l'enfance, et ses yeux vigilans
Toujours ouverts sur nous observoient nos penchans.
Pour un infortuné, son cœur avec tristesse
Un jour au fond du mien crut voir moins de tendresse :

Pour m'instruire avec fruit, seule, elle me conta
Un trait noble et touchant que la pitié dicta.
« Ma mère, nommez-moi, lui dis-je avec instance,
» Ce mortel généreux qui secourut l'enfance.
» Non, me dit-elle, non. Ma fille, un tel secret
» Souvent du bienfaiteur est un second bienfait :
» S'il faut s'envelopper des ombres du mystère,
» C'est lorsqu'on craint sur-tout d'offenser la misère.
» Hélas ! les malheureux sont des objets sacrés
» Vers lesquels sans efforts nos cœurs sont attirés :
» C'est un penchant si doux qu'il est involontaire ;
» Pour prix d'avoir bien fait on veut encor bien faire :
» Par un nouveau desir ce desir est accru,
» Et voilà le bonheur que produit la vertu ».
Ma sœur, ce fut ainsi que me parla ma mère.

ODÉIDE.

Ah ! ce trait si touchant, c'est trop long-temps le faire :
Ensemble nous plaindrons cet enfant malheureux.

SALÉMA.

Oui : mais je crains, hélas ! ce plaisir douloureux ;
Et d'attendrissement mon ame est trop remplie.

TÉNAIM.

L'a voilà donc toujours, cette mélancolie
Dont rien jusqu'à présent n'a pu rompre le cours,
Qui fait pâlir ton front, et ternit tes beaux jours !
C'est assez que Farhan, que ton coupable frère,
Ait quitté la tribu, la tente de son père ;
Qu'il ait pu d'Abufar oubliant les vieux ans,
Laisser de Samaël les généreux enfans.
Abufar l'a perdu. Faudra-t-il que sa fille
Mette à son tour le deuil, le trouble en sa famille,

Et que mon frère, hélas ! par un tourment nouveau,
Pleure son fils errant et sa fille au tombeau ?
Saléma, tu le sais, quand tu perdis ta mère,
Je voulus t'en servir ; j'accourus chez mon frère.
Songe, avant qu'Abufar revienne ici bénir
Le cours de nos travaux tout prêts à se r'ouvrir ;
(Car c'est ainsi chez nous, selon l'antique usage
Transmis par nos aïeux, consacré d'âge en âge,
Qu'un père à ses enfans annonce le retour
Et du travail de l'homme et du flambeau du jour) ;
Songe au moins, de tes traits, à faire disparoître
Ces traces d'un chagrin qui l'ont frappé, peut-être ;
Ce nuage d'ennui, cette sombre langueur,
Qui cache trop souvent les orages du cœur.

S C È N E   I I.

TÉNAIM, SALÉMA, ODÉIDE, FHARASMIN.

F H A R A S M I N, *à Odéide.*

Quand du jour renaissant la brillante lumière
Vient, pour moi, des travaux commencer la carrière,
Prisonnier d'Abufar par le droit des combats,
Au sein de ces déserts emmené sur ses pas,
Echappé, jeune encore, aux fureurs de la guerre,
A vos ordres soumis par les ordres d'un père,
Je viens vous demander ceux que je dois remplir.

O D É I D E.

Faut-il qu'ainsi le sort vous condamne à souffrir !
La force trop souvent n'égale pas le zèle.
Combien de fois le cèdre, à la hache rebelle,

A-t-il gémi long-temps sous vos coups redoublés !
Je vous ai vu, les traits par le soleil brûlés,
Avec effort, le soir, pour nos brebis bêlantes,
Soulever de nos puits les pierres trop pesantes.
Faites-vous, Fharasmin, aider dans vos travaux.

FHARASMIN.

Vos égards, dès long-temps, ont adouci mes maux.
Eloigné de la Perse, au sein de l'Arabie,
Votre pitié pour moi m'a rendu ma patrie :
Votre père me voit, me traite avec bonté ;
Je ne m'apperçois point de ma captivité.
Il daigne comme un fils m'admettre en sa famille ;
J'obéis par son ordre aux ordres de sa fille.
Ces tentes, ces chameaux, ce désert m'est sacré.
Ce cœur, le ciel m'entend, n'a jamais murmuré.
Je rends grace à mon sort. La peine que j'endure
N'est qu'un bienfait de plus, et non pas une injure.
Ah ! malgré sa rigueur, sans doute il m'est trop doux
De remplir des devoirs qui sont prescrits par vous.

SALÉMA.

Quel discours ! Sa douceur, sa fierté, son courage,
Mais sur tout sa vertu, sont peints sur son visage.
Ah ! le cœur le plus tendre et le plus généreux,
Ne nous préserve pas d'un destin malheureux.

SCÈNE III.

TÉNAIM, SALÉMA, ODÉIDE, FHARASMIN, ABUFAR.

(Dès qu'Abufar paroît devant l'autel, ses filles, sa sœur, Fharasmin, et tous les habitans du désert, se mettent à genoux.)

ABUFAR.

Soleil, dont la lumière et la chaleur féconde,
Sont l'œil, l'ame, la règle et la splendeur du monde,
Qui, sous l'abri des mœurs, vois l'Arabe indompté
Dans ce vaste désert marcher en liberté ;
       (il brûle de l'encens sur l'autel.)
Sur nous, sur tes enfans, sur ta famille immense,
Fais luire avec tes feux le jour de l'innocence ;
Vers tes premiers rayons vois se lever mes mains,
Et bénis par ma voix le travail des humains.
   (à sa famille et à tous les habitans du désert.)
Levez-vous, mes enfans.
    (Ses filles et sa sœur s'apprêtent chacune pour leur ou-
    vrage. Fharasmin apporte un siège pour Abufar, sort
    et rentre, occupé de différens travaux de la maison.)
          (à ses deux fils.)
        Mais, d'où vient qu'à ma vue
D'un trouble encor récent vôtre ame semble émue ?
Ténaïm, dans leurs yeux j'apperçois quelques pleurs.

TÉNAIM.

L'histoire d'un vieillard a causé leurs douleurs.

Leur âge, à ces récits, ouvre une oreille avide;
Et même, en cet instant, votre jeune Odéide
Conjuroit Saléma de lui conter comment
Le ciel, par un vieillard, eut pitié d'un enfant.
Mais sa sœur Saléma craignoit de nous l'apprendre,
D'en être trop émue.

A B U F A R.

      Eh ! pourquoi s'en défendre ?
Hélas ! sans la pitié, sans ce don précieux,
Le plus cher, le plus doux que nous tenions des cieux,
Dans ces climats brûlans, sur ce sable où nous sommes,
Que deviendrions-nous, si nous n'étions des hommes ?
N'est-ce pas elle ici, qui, dans leur pauvreté,
Consacre nos déserts par l'hospitalité ?
Malheur au peuple ingrat, abhorré sur la terre,
A qui cette pitié pourroit être étrangère !
Mais le cœur d'un Arabe a toujours palpité
Aux traits de la valeur et de l'humanité.

    (à Saléma.)

Eh bien ! dis ; cet enfant.... Cet âge a tant de charmes !
Parle, apprends-moi son sort, et fais couler mes larmes.

S A L É M A.

Dans le fond du désert, quand le soleil brûlant
Embrasoit de ses feux le sable étincelant,
Un Arabe égaré, (ma sœur, c'étoit un père),
Cherchoit de l'œil, au loin, sa tente solitaire.
Il n'apperçoit plus rien. Las, triste, épouvanté,
Pour lui dans l'univers nul vivant n'est resté.
O mes enfans, dit-il ! vous reverrai-je encore ?
Déjà l'ardente soif le sèche et le dévore.
Il n'a pour l'appaiser qu'un seul fruit bienfaisant,
Le fruit d'un citronier, vain secours d'un moment.
Il le porte à sa bouche. O douleur ! ô surprise !

A 4

Il voit…. Ciel ! une femme, auprès d'un roc assise ;
Jeune, belle, mourante, et prête à mettre au jour
Le gage tendre et cher d'un malheureux amour !
« Ce fruit ! ce fruit ! dit-elle, ou dans l'instant j'expire,
» J'expire avec l'enfant que ma soif va détruire :
» Le voilà, le voilà ! lui répond le vieillard ;
» Vivez tous deux ». Au ciel il adresse un regard,
Il le prie, il le presse ; et ce ciel qu'il conjure,
Attendri par ses vœux, vient aider la nature.
L'enfant au moment même est reçu dans ses bras.
» Vis pour lui, dit la mère. Oui, bientôt tu verras
» Ta femme et tes enfans. Vieillard, sers lui de père.
» Par toi, qu'il sache un jour à quel prix je fus mère.
» Jette un œil de pitié sur ce pauvre innocent ».
　Et prenant tout à coup un prophétique accent,
» Tu ne vois, poursuit-elle, en ce désert immense,
» Que la soif, que la mort, l'espace, le silence.
» Tiens, voilà ton chemin. C'est l'Eternel, c'est moi,
» C'est ce fruit de mon sein, qui va veiller sur toi.
» Vieillard, de cet enfant tu soutiens la foiblesse ;
» Cet enfant, à son tour, soutiendra ta vieillesse.
» Emporte avec ses pleurs, pour les jours malheureux,
» La céleste faveur qui vous suivra tous deux ».
Elle expire.

A B U F A R.

　　Et du ciel, un jour, sans qu'elle y pense,
Tu crois que la vertu reçoit sa récompense ?

S A L É M A.

Mon père, seriez-vous surpris de ses bienfaits ?

A B U F A R.

La vertu, mes enfans, ne m'étonne jamais.

S A L É M A.

Et cet enfant, mon père, existe-t-il encore ?

A B U F A R.

Oui.

S A L É M A.

Quel est son destin ?

A B U F A R.

Le ciel veut qu'on l'ignore.
Du sort de l'orphelin il daigne se charger.
Je n'en puis dire plus ; c'est trop m'interroger.

O D É I D E.

Vous pleuriez comme nous.

A B U F A R.

Oui, croyez-moi, mes filles,
Les bonnes actions protègent les familles.
Heureux qui peut au foible, accordant son appui,
Mettre un pareil trésor entre le ciel et lui !
Un appui ! J'eus un fils ; j'ai nourri son enfance ;
Sur un si cher soutien j'avois compté d'avance.
Comment croire, en effet, que des enfans jamais
Perdront le souvenir de nos premiers bienfaits ;
Qu'ils oublîront un père ? Hélas ! dans ma jeunesse,
J'ai du mien saintement honoré la vieillesse.
S'il m'a fallu le perdre, il a reçu du moins
Jusqu'à son dernier jour ma tendresse et mes soins.
Mes filles, de sa fuite expliquant le mystère,
Peut-être avez-vous lu dans le secret d'un frère.
Dites : pourquoi Farhan, non moins prompt que l'éclair,
Sur nos ardens coursiers traversant le désert,
Des bords féconds du Nil passant dans la Syrie ;
Courant, cherchant, fuyant la Perse et la Médie,

Par un tourment secret, sans relâche agité,
Trop serré, dans l'espace et dans l'immensité,
De déserts en déserts changeant de solitude,
Promène-t-il par-tout sa vague inquiétude?
Le vice auprès des mœurs n'est jamais sans effroi.
Sans doute il n'a pas cru pouvoir vivre avec moi.
Comment m'a-t-il quitté? Sans escorte, sans suite,
Comme un vil criminel précipitant sa fuite.
Pourquoi? Pour échapper à son coupable ennui;
Pour s'affranchir d'un joug qui pesoit trop sur lui;
Pour acheter bien cher, trompé par ses caprices,
Le tourment des remords, des besoins et des vices.
Qu'il ne revienne point, je ne veux plus le voir.

TÉNAIM.

Mais s'il rentroit un jour, mon frère, en son devoir?

SALÉMA.

A vos genoux bientôt s'il accouroit se rendre?

ODÉIDE.

S'il vous forçoit enfin à le voir et l'entendre?

TÉNAIM.

Mon frère, écoutez-nous.

SALÉMA.

Mon père!

ABUFAR.

Non, jamais.
L'ingrat a trop long-temps oublié mes bienfaits.
Puisque ta fuite, enfin, m'a fait à ton absence,
Loin de moi, malheureux, va porter ta présence.
Mes filles, c'est à vous, à vous que j'ai recours,
Pour jetter quelques fleurs sur la fin de mes jours.

Oui , je rends grace au ciel qui m'a donné des filles.
Tous ces ingrats bientôt ont quitté leurs familles.
Vous , pour notre bonheur , vous restez près de nous.
Tous les soins d'une femme ont un charme si doux !
Ce sexe est tout pour l'homme ; il soutient notre enfance,
Il prête à nos vieux ans son active assistance.
Fait pour aimer, pour plaire, et prompt à s'attendrir ,
Il nous engage à vivre et nous aide à mourir.
Le ciel vous fit exprès pour consoler les pères.
Mais, dis : par quels ennuis, à la raison contraires ,
D'une morne langueur les rapides progrès
Accablent-ils ton ame , altèrent-ils tes traits?
Pourquoi dans le désert , avec un regard sombre ,
Seule, et le front baissé , vas-tu chercher dans l'ombre
Des ravages du temps quelques débris nouveaux ,
Et t'asseoir en pleurant sur de tristes tombeaux ?
Pourquoi , lorsque la nuit sur ses immenses voiles ,
De leur rayon tremblant fait briller les étoiles ;
Pourquoi vois-je tes yeux , trop souvent attristés ,
Fixer avec des pleurs leurs paisibles clartés?
Ta main presser ton cœur , et ton regard austère
Du ciel avec lenteur retomber sur la terre ?
Qui donc consterne ainsi ton courage abattu?
Ce n'est point le remords qui pèse à la vertu.
Le remords naît du crime ; il est fait pour ton frère ,
Qui méprisa mes pleurs , qui brava ma prière.

S A L É M A.

Il est bien loin de nous.

A B U F A R.

Pourquoi m'a-t-il quitté?

S A L É M A.

S'il est dans le malheur ?

A B U F A R.

Il l'aura mérité.

C'est à vous, mes enfans, de fermer ma paupière.
Voici bientôt l'instant, qui, bornant ma carrière,
De mes jours pâlissans éteindra le flambeau ;
Mais la vertu nous suit au-delà du tombeau.
J'ai vécu libre, en paix, caché dans l'Arabie,
Chérissant mes enfans, ma femme, ma patrie ;
Content de mes égaux, content aussi de moi,
N'ayant jamais connu le remords ni l'effroi ;
J'ai borné tous mes vœux à ces champs de verdure,
Que sur nos mers de sable a jettés la nature :
Trouvant dans mon travail, secondé par vos soins,
Trop peu pour la richesse, assez pour nos besoins ;
J'acheverai de vivre entre des mains si chères,
Bénissant la nature et le dieu de mes pères ;
Heureux dans mon matin, plus heureux vers le soir,
De faire encor le bien qui reste en mon pouvoir.

(*Fharasmin est revenu auprès de la famille.*)

Ecoute, Fharasmin : mon captif par la guerre,
Tu vis depuis cinq ans sur notre aride terre.
Passant par nos tribus de Nasser, de Sajir,
Des voyageurs nombreux, bientôt prêts à partir,
Vont regagner la Perse et quitter l'Arabie :
Pars avec eux, sois libre et revois ta patrie.
C'est un plaisir, du moins, que j'emporte au tombeau.
Je te donne des fruits, une tente, un chameau.
Voilà tous nos trésors. C'est là notre richesse.
Et si la Perse, un jour, t'inspiroit sa mollesse,
Souviens-toi, Fharasmin, de notre pauvreté,
Et des jours innocens de ta captivité.
Je sens que de t'aimer m'étant fait l'habitude,

Mes yeux te chercheront dans cette solitude.
Nous allons nous quitter ; mon cœur souffre, et je croi
Que le tien quelquefois se souviendra de moi.
   (*à Saléma.*)
Et vous, ma fille, allez, dissipez le nuage
De cet ennui profond qui sied mal à votre âge.
Pour goûter le bonheur, pour trouver près de nous
Et nos plaisirs plus purs, et nos travaux plus doux,
Pour calmer sans effort votre mélancolie,
Donnez par vos vertus du charme à votre vie.
Toi, toujours à ma fille, obéis, Fharasmin,
Jusqu'au moment marqué pour ton départ prochain.
   (*ils sortent tous, excepté Odéide.*)

SCÈNE IV.

ODÉIDE, *seule.*

Fharasmin va partir : de son triste silence,
De son air abattu que faut-il que je pense ?
Ah ! lorsqu'il est tout prêt à nous abandonner,
De quel œil à mon tour le vois-je s'éloigner ?
Hélas ! pourrai-je bien me faire à son absence ?
J'y songerai long-temps. Avec quelle constance
Il voloit le matin vers ses mâles travaux !
Comme il venoit le soir oublier tous ses maux !
Mais il n'est point parti. Quelque trouble l'agite.
Il regarde ma sœur ; il soupire, il me quitte,
Il la cherche, il s'afflige, il observe ces lieux ;
Et c'est toujours vers moi qu'il ramène ses yeux.
Mais je le vois. Mon cœur déjà craint sa présence.

S C È N E   V.

O D É I D E , F H A R A S M I N.

F H A R A S M I N.

QUAND il faut vous quitter, quand mon départ s'avance,
Souffrez que Fharasmin goûte au moins le plaisir,
Et de vous voir encore et de vous obéir.
Mais quels que soient les lieux où mon destin me guide,
Je n'oublîrai jamais les bontés d'Odéide.
Fait aux mœurs du désert, heureux de l'habiter,
Je vois avec douleur ce que je dois quitter.
Mêmes goûts, mêmes soins, la commune habitude,
Tout semble m'enchaîner dans cette solitude.
J'y laisse des objets si chers, si précieux,
Que je ne puis les voir, et croire à nos adieux.
Comment, errant au gré de son ame inquiète,
Pouvant goûter en paix les biens que je regrette,
Farhan, si loin d'un père et si loin de ses sœurs,
D'une vie aussi pure a-t-il fui les douceurs ?
Pour lui que de malheurs, de périls sont à craindre !
Je gémis sur son sort.

O D É I D E.

       Est-ce à vous de le plaindre ?
Vous ne l'ignorez pas, il fut votre ennemi.

F H A R A S M I N.

J'ai voulu vainement devenir son ami.
Soit qu'en moi, comme Arabe, il détestât peut-être
Un Persan toujours prêt à ramper sous un maître ;
Soit par ses passions que sans cesse agité,

Il m'enviât mon calme et ma tranquillité ;
Soit qu'en secret jaloux , son œil avec colère
Vît pour moi l'amitié , l'estime de son père ;
Soit caprice, fureur , ou qu'il trouvât trop doux
Le sort et les travaux qui m'attachoient à vous ;
J'ai toujours remarqué dans son regard terrible ,
Que son cœur me gardoit une haine invincible.
J'en ai gémi tout bas. Mais quelquefois, enfin,
Dans nos amitiés même il entre du destin ;
Il m'est cher , cependant, puisqu'il est votre frère.

ODÉIDE.

Toujours l'inquiétude a fait son caractère.
Toujours vers les excès je le vis entraîné ;
Mais, c'est pour la vertu que son cœur étoit né.
O malheureux Farhan !

FHARASMIN.

Votre douleur me touche.
Je gémis du soupir qui sort de votre bouche.

ODÉIDE.

Cependant , car la Perse a des charmes pour vous,
Vous n'aurez pas long-temps à gémir avec nous.
Vous ne reverrez plus la tribu de mon père,
Les fils de Samaël, la tente hospitalière,
Le sol où croît pour nous le doux fruit du dattier,
Le vallon du chameau , le désert du palmier ,
Le chemin du pasteur. Dans l'éclat et la gloire,
De ces songes bientôt vous perdrez la mémoire.
La faveur de Cambise , un palais....

FHARASMIN.

Je l'ai fui.
Combien j'en ai connu la splendeur et l'ennui !
Las de voir de trop près l'éclat du diadême ,

De me chercher toujours sans me trouver moi-même ;
Mais sans perdre jamais tous ces vains préjugés,
Ces besoins de l'orgueil dont les grands sont chargés ;
Entraîné vers les camps ; par le droit de la guerre,
Sous ce ciel embrasé j'ai suivi votre père.
C'est-là que sous ses loix, privé de tout secours,
J'ai désappris l'orgueil et le faste des cours ;
Que loin du vice heureux, de l'oisive opulence,
Soumis à mes travaux, aimant ma dépendance,
A l'école des mœurs et de la pauvreté,
J'ai senti le bienfait de mon adversité.
Je fus un homme, enfin. Mon épaule tremblante
Se courba fièrement sous la hache pesante.
J'ai nourri de ma main ce coursier généreux
Qui devance les vents ou qui vole avec eux,
Que pour l'Arabe exprès la nature a fait naître,
L'ami, le compagnon, le trésor de son maître ;
A toute heure, en tout lieu, lui prêtant son appui,
Qui couche sous sa tente et combat avec lui.
Oh ! comme avec plaisir, retrouvant ma jeunesse,
De la cour, sous mes pieds, je foulois la mollesse !
Dans cette cour servile, hélas ! qu'eussé-je été ?
J'aurois compté des jours sans avoir existé.
Que mon cœur d'un autre œil vit ici la nature !
A mes regards bientôt une volupté pure,
Enchanta le désert où paissent nos chameaux,
Les puits où vont le soir s'abreuver nos troupeaux ;
Les lieux où croît l'encens, où murmure l'abeille ;
Le toit simple et roulant où le pasteur sommeille ;
Ce vaste champ des airs par le soleil brûlé,
Tout ce que j'apperçois. Vous seule avez peuplé
Ces montagnes, ces rocs, ces prés, ce sol aride ;
Tout l'univers pour moi, s'est rempli d'Odéide.

Je

Je n'ai connu, senti qu'une captivité.
Tranquille auprès de vous, loin de vous agité,
Quand vous charmiez mes yeux, ils vous cherchoient encore.
J'appellois dans la nuit les rayons de l'aurore;
J'appellois dans le jour les doux rayons du soir.
Enfin je vous voyois sans avoir cru vous voir;
Je vous suivois par-tout dans le désert errante;
Je recueillois, avide et d'une bouche ardente,
Votre souffle perdu dans les airs enflammés;
Mes pas pressoient vos pas sur le sable imprimés.
Vous ignoriez mes feux, mes soupirs et mes larmes.
C'est moi qui vous apprends le pouvoir de vos charmes.
Le ciel a mis pour moi, dans le même séjour,
La beauté, le bonheur, l'innocence et l'amour.
On diroit que le ciel tous deux nous y rassemble,
Pour nous voir, nous aimer, pour y mourir ensemble.
Je ne sais, et je cherche en des transports si doux,
Si je vis dans moi-même, ou si je vis dans vous.
Oui, j'obtiendrai la main d'Odéide attendrie,
Ou je cours dans la Perse oublier l'Arabie.
L'oublier! Non, jamais. Un mot peut m'avertir
Si je dois maintenant ou rester ou partir.

O D É I D E.

Vous savez, Fharasmin, par quelle obéissance
Nous devons de mon père honorer la puissance.
Sa bénédiction, ce bien si précieux,
Tous les matins, sur nous, descend du haut des cieux.
Il aime avec transport la terre qu'il habite,
Et Fharasmin, hélas! n'est point Samaélite.
Je crains.... mais cependant....

F H A R A S M I N.

                Les momens sont comptés.

                        B

ODÉIDE.

Quoi ! les chameaux sont prêts ?

FHARASMIN.

Je vais partir.

ODÉIDE.

Restez.
Mais, j'entends quelque bruit. On approche ; je tremble
Qu'en ce moment tous deux on ne nous voie ensemble.
C'est toi, Gemma !

SCÈNE VI.

ODÉIDE, FHARASMIN, GEMMA.

GEMMA.

Faut-il que, causant vos douleurs,
Je vous vienne annoncer le sujet de vos pleurs ?

ODÉIDE.

Quoi donc ?

GEMMA.

Farhan n'est plus. Votre malheureux frère,
Dans ses destins errans a fini sa carrière.

ODÉIDE.

O ciel !

GEMMA.

Un voyageur vient de m'en informer ;
Mais c'est un bruit fatal qu'il a craint de semer.
Il sait que nos tribus à Farhan attachées,
Seroient de son trépas trop vivement touchées.

ODÉIDE.

Mon cher Farhan ! mon frère ! Hélas ! tes sœurs en vain
Espéroient ton retour. C'est donc là ton destin !
Tu péris, et si jeune ! Ah ! nos sables, peut-être,
Ou les gouffres des mers, t'auront vu disparoître.

FHARASMIN.

Dissimulez vos pleurs, cachez bien son trépas.
Pleurez, pleurez sa perte, et ne l'annoncez pas ;
Abufar n'en pourroit soutenir la nouvelle.
Craignons de déchirer son ame paternelle :
Il aime encor Farhan. Des pères attendris,
Tout le courroux s'éteint sur la tombe d'un fils ;
Et celui qui s'armoit d'un front inexorable,
Dans l'enfant qui n'est plus ne voit plus un coupable.
(il sort avec Odéide et Gemma.)

FIN DU PREMIER ACTE.

B 2

ACTE II.

SCÈNE PREMIÈRE.

FHARASMIN, *seul.*

Farhan, tu n'es donc plus ! Le sort a pour toujours
Terminé tes tourmens, tes périls et tes jours.
J'avois lu dans ton ame ; en vain tu voulus taire
De ton fatal amour le terrible mystère.
Je ne me trompois pas. Oui, je crois que son cœur
Brûloit pour Saléma d'une coupable ardeur.
Sans doute il aura fui ; dans son désordre extrême,
Pour étouffer un feu qu'il abhorroit lui-même.
Au fond de son tombeau trop heureux le mortel
Qu'un jour de plus peut-être eût rendu criminel !
Mais, Saléma s'approche, et la jeune Odéide :
Le trouble est sur leur front, leur démarche est timide.
Allons, retirons-nous. Qu'elles goûtent du moins
La triste liberté de pleurer sans témoins.

(il sort.)

SCÈNE II.

SALÉMA, ODÉIDE.

ODÉIDE.

De quel effroi, ma sœur, votre ame s'est remplie !
O trop funeste effet de la mélancolie !
Craignez, hélas ! craignez son horrible poison.

SALÉMA.

Il consume ma vie, il détruit ma raison :
Laissez-moi seule, en pleurs, errante, solitaire...

ODÉIDE.

Quoi ! de ces noirs ennuis rien ne peut vous distraire ?

SALÉMA.

Tout m'afflige, ma sœur, dans ce triste séjour ;
Moi-même je me hais, je déteste le jour :
A quel prix, juste ciel, que peut-être j'offense,
Aux malheureux humains donnas-tu l'existence !
Que n'avons-nous tari, mourant dans nos berceaux,
La coupe inépuisable où tu cachas nos maux !
Hélas ! quand nous naissons notre ame s'en défie ;
Sur ses bords en tremblant nous essayons la vie :
Mais ce breuvage amer, après l'avoir goûté,
Libres de notre choix, l'aurions-nous accepté ?
Ah ! par nos cris plaintifs, sur le sein de nos mères,
Nous avons annoncé, pressenti nos misères.
L'homme au premier aspect des maux qu'il doit souffrir,
Se rejette en arrière, et demande à mourir.

ODÉIDE.

Vous me faites trembler : que faut-il que je pense ?

B 3

De ces sombres douleurs d'où naît la violence ?
Vous cherchez le trépas.

SALÉMA.

Fuyons.

ODÉIDE.

Ah ! je vous suis ;
J'apprendrai le secret de vos cruels ennuis,
Ou, tombant à vos pieds...

SALÉMA.

Tu frémiras, sans doute.

ODÉIDE.

N'importe.

SALÉMA.

Tu le veux ?

ODÉIDE.

Parlez.

SALÉMA.

Eh bien ! écoute
Mais ne m'interromps pas. Vois sous quelles couleurs
Les cieux m'ont annoncé le plus grand des malheurs.
Pour vaincre mes ennuis, par le conseil d'un père
Ce matin vers nos champs je marchois solitaire,
Voulant y recueillir par d'utiles travaux
Le fruit de nos palmiers, le lait de nos troupeaux :
Aux plus doux sentimens, à la paix disposée,
Je ne sais quelle erreur égaroit ma pensée :
J'allois, je regardois, mon œil ne voyoit pas ;
Un charme inexprimable entraînoit tous mes pas :
Mon esprit enivré, plein de son propre ouvrage,

Se cherchoit un bonheur, s'en composoit l'image.
Pour mieux goûter, ma sœur, ce plaisir si profond
D'un cœur qui s'entretient, se parle, se répond,
Qui s'écoute, et sur-tout qui craint de se distraire,
Je me suis recueillie à l'ombre solitaire
D'un arbre du désert, où mes esprits charmés,
Séduits par la fraîcheur, par le repos calmés,
Quand déjà le soleil de feux couvroit sa route,
Aux douceurs du sommeil se sont livrés sans doute.
J'ai cru que dans la Perse, et sous des cieux si beaux,
J'errois parmi les fleurs, les moissons, les ruisseaux,
Les ombrages, les fruits, mille autres dons encore
Que le Persan reçoit de l'astre qu'il adore.
Tandis qu'à mes esprits vivement enchantés,
Tant de riches trésors s'offroient de tous côtés,
Un jeune homme charmant sembla frapper ma vue :
Son front étoit pensif, son ame étoit émue ;
Dans ses yeux pleins de flamme, où régnoit la pudeur,
Je ne sais quoi de tendre en modéroit l'ardeur.
Parmi ces fleurs, ces fruits, ces eaux, cette verdure,
Il sembloit s'embellir de toute la nature ;
Et la nature aussi, dont il étoit l'amour,
Sembloit de son aspect s'embellir à son tour.
Mais lorsqu'avec transport observant son visage,
De quelques traits chéris j'y démêlois l'image,
A mon bonheur à peine osant ajouter foi,
Tout cet enchantement s'est enfui loin de moi.
Dans un vaste désert je me crois transportée,
Sur une terre aride, inculte, inhabitée,
Meurtrière, brûlante, où des cieux enflammés
Dévoroient jusqu'aux rocs de leurs feux consumés.
Un jeune voyageur devant moi se présente ;

B 4

Il me sembloit mourant. Eperdue et tremblante,
Je cours dans ma pitié le sauver du trépas :
Du sable en gémissant j'arrache tous mes pas ;
Je m'arrête, et je marche , et je tremble, et j'espère ;
Je m'efforce, j'approche : hélas ! c'étoit mon frère.

O d é i d e.

Lui !

S a l é m a.

Lui-même, Farhan. «Ma sœur, dit-il, c'est toi ?
»Viens-tu t'ensevelir sous le sable avec moi ?
»Hélas ! la même ardeur dans notre sein s'allume ,
»Cet air , ce vent de feu tous les deux nous consume.
»Entends-tu , Saléma , l'aquilon mugissant ?
»Par le sable obscurci , le soleil pâlissant
»Semble expirer au loin dans ce rayon funeste :
»C'est son dernier pour nous, c'est le seul qui nous reste».
Nos pieds, alors, nos pieds cherchent à s'affermir
Sur un sable tremblant , prêt à nous engloutir :
Nous pâlissons tous deux , nos cheveux se hérissent ;
Nous nous tendons les bras, nos corps glacés fléchissent ;
Et ces sables muets, cette mer sans courroux ,
S'entr'ouvre , nous dévore , et se ferme sur nous.
Ma sœur , j'étouffe encor.

O d é i d e.

Dieu , quelle affreuse image !
Qu'elle a dû vous frapper d'un sinistre présage !

S a l é m a.

Ma sœur , ce n'est pas tout : un autre objet d'horreur
M'agite , suit mes pas , redouble ma terreur.

O d é i d e.

Qu'entends-je , ô ciel !

S A L É M A.

           Muette, immobile, surprise,
De ma profonde erreur quand je me fus remise,
Où croyez-vous, ma sœur, sans m'en douter, hélas !
Que mon égarement m'ait fait porter mes pas ?
Ma sœur, ce n'étoit point dans ces champs de verdure
Que de ses dons pour nous orne encor la nature,
Parmi ces doux parfums, ces trésors enchanteurs,
Amassés par l'abeille et conquis sur les fleurs ;
C'étoit dans cette enceinte où des cyprès funestes
Couvrent de nos aïeux les déplorables restes ;
Où gravés sur la pierre et semés sur nos pas,
Leurs noms offrent par-tout les leçons du trépas :
Parmi ces rangs de morts, ces dépôts de poussière,
Des tombeaux, des débris, les cendres de ma mère.
J'ai cru d'abord, j'ai cru que mon étrange erreur,
Par le sommeïl produite enfantoit ma terreur.
Veillois-je, ô ciel ! dormois-je ? En ce désordre extrème,
J'ai craint de me tromper, j'ai douté de moi-même ;
J'ai voulu par un cri m'en assurer soudain :
Ce cri par ma frayeur expira dans mon sein.
Je me parlois tout bas, je fixois la lumière ;
Ma main pressoit ma main, mon pied pressoit la terre,
Il pressoit les tombeaux. — Non, tout ce long tourment
N'étoit point né, ma sœur, d'un assoupissement :
Je veillois, je veillois ; j'ai droit de men répondre :
Je ne me trompe pas. Ah ! je me sens confondre.
Quel est donc ce pouvoir, cet horrible poison
Qui, lorsque le corps veille, endort notre raison ?
Quoi ! du flambeau du jour quand nous voyons la flamme,
Seroit-il un sommeil qui s'attache à notre ame ?
Quel sommeil, juste dieu ! je tremble encor d'effroi.

Eh ! qu'est-ce donc, ma sœur, qui s'est passé dans moi ?
Je ne m'abuse point, j'entends ce triste augure,
Farhan, Farhan n'est plus, tout mon cœur me l'assure ;
Sans doute en ce moment quelque nouveau danger,
Les pièges d'un brigand, le fer d'un étragner,
La soif dans le désert, la tempête, la guerre,
Auront tranché les jours de mon malheureux frère.

O D É I D E.

Hélas ! vous n'aurez plus à trembler sur son sort.
On m'a dit dans l'instant...

S A L É M A.

Quoi ! ma sœur....

O D É I D E.

Il est mort.

S A L É M A.

Grace au ciel, la douleur reste seule à mon ame !
Je ne crains plus enfin ma détestable flamme.

O D É I D E.

Qu'entends-je ? quels forfaits ! ô déplorable jour !
Se peut-il ?...

S A L É M A.

Eh ! ma sœur, connoissez-vous l'amour ?
La voilà, cette ardeur que ma bouche a trahie,
Que cachoient les langueurs de ma mélancolie ;
Ce penchant malheureux, proscrit par la vertu,
Qui troubloit ma raison, qu'en vain j'ai combattu.
Oui, je vis pour Farhan, je l'aime, je l'adore ;
C'est là cet air, ce ciel, ce feu qui me dévore,
Ce vent de nos déserts, terrible, envenimé,
Moins brûlant que l'amour dans mes sens allumé :

Voilà Farhan, c'est lui ; c'étoit là son visage,
Lorsqu'une douce erreur m'en présentoit l'image ;
Jeune, sensible, ardent, tel qu'il frappa mes yeux,
Quand seul il enchantoit et la terre et les cieux.
Que dis-je ? Ah ! dans la tombe où j'ai troublé ta cendre,
Sans doute avec horreur, Farhan, tu dois m'entendre !
J'ai donc tout profané : ce vertueux séjour,
L'honneur, les nœuds du sang, la nature et l'amour !
Ma sœur, venge sur moi ce ciel qui me déteste ;
Arrache-moi ce cœur, ce cœur né pour l'inceste.
Frappe, voilà mon sein.

SCÈNE III.

ODÉIDE, SALÉMA, SOBED.

SOBED.

Brulé d'un ciel ardent,
Farhan qu'on a cru mort arrive en cet instant :
Un pasteur du désert vient de le reconnoître
Sur le même coursier qui le fit disparoître ;
Sur son coursier chéri, qui par sa voix flatté,
Marquoit en bondissant sa joie et sa fierté.
Vous l'allez voir bientôt ; mais redoutant son père,
A son premier courroux il voudra se soustraire.
Agité, tout poudreux, et prompt à vous chercher,
C'est près de vous d'abord qu'il viendra se cacher.
Le voici.

SCÈNE IV.

ODEIDE, SALÉMA, SOBED, FARHAN.

FARHAN, *à Sobed.*

LAISSEZ-NOUS.

(*Sobed se retire.*)

SCÈNE V.

ODÉIDE, FARHAN.

FARHAN.

MES sœurs, c'est votre frère.
Embrassez-moi.

(*il les embrasse.*)

SALÉMA.

Farhan !

ODÉIDE.

O ciel !

FARHAN.

Que fait mon père ?

(*à part.*)
Je tremble.

ODÉIDE.

En ce moment la tribu de Sajir
Le retient.

FARHAN.

Je respire. Oh ! je puis donc jouir,

Mes sœurs, mes tendres sœurs, après ma longue absence,
Du plaisir de vous voir ! Combien votre présence
Enchante mes regards ! — Ce soleil dévorant...
Ces sables... des ennuis... le vent, ce cruel vent
Du désert... tout m'accable.—Ah! je suis plus tranquille.
Ces tentes, ces chameaux, cet innocent asyle,
L'aspect de Samaël, de ma tribu... je croi
Que le bonheur enfin va s'approcher de moi.
Mais pourquoi, Saléma, vois-je sur ton visage
Des traces de langueur ? Pourquoi donc un nuage
Obscurcit-il si-tôt les jours de ton printemps ?
Ton cœur paroît souffrir.

ODÉIDE.

Ma sœur, dans tous les temps,
Ne fut que trop portée à la mélancolie.

FARHAN.

Eh ! laissez-la répondre.

SALÉMA.

Ah ! notre triste vie,
Ainsi que ces déserts nous offre peu de fleurs ;
Mais une main prodigue y sema les douleurs.

FARHAN.
(à Odéide.)
Ah ! Saléma. Ma sœur, tu revois donc ton frère
Avec plaisir ?

ODÉIDE.

Sans doute.

FARHAN.
(à Odéide.)   (à toutes deux.)

O ! viens ! — Que je vous serre

Toutes deux sur mon cœur, chère Odéide !

O D É I D E.

Hélas !

Combien j'ai dans l'instant pleuré votre trépas !

F A R H A N.

(*à Saléma.*)   (*à Odéide.*)

Et tu pleurois aussi ? Cette nouvelle encore
Ne s'est pas répandue, et mon père l'ignore?

O D É I D E.

Je le crois.

F A R H A N.

Si j'étois mort avec son courroux !
Ici pour le fléchir, mes sœurs, je n'ai que vous.
Peut-être Ténaïm autant que lui m'abhorre ?

O D É I D E.

Son cœur vous chérissoit, il vous chérit encore.

F A R H A N.

(*à toutes les deux.*)

Et toi, Saléma, toi. Vous que j'aimai toujours,
Avec mon père ici, mes sœurs, dans vos discours,
Vous avez quelquefois parlé de mon absence ?

O D É I D E.

Il condamna sur vous notre bouche au silence.

F A R H A N.

Son cœur pour moi de haine est donc bien pénétré?

O D É I D E.

La nuit, en vous nommant, hier il a pleuré.

F A R H A N.

Pleuré, pleuré ! dis-tu ? — Saléma, ta tristesse

Et mes erreurs , sans doute , ont troublé sa vieillesse.

ODÉIDE.

Vous soupirez, mon frère ?

FARHAN, *à Odéide.*

Ah ! ma sœur , c'est à toi
D'adoucir les chagrins qu'il a reçus de moi :
Dans mon absence, au moins, tes accens pleins de charmes,
Tes innocentes mains auront séché ses larmes.
Oui , ton aspect lui seul console mes douleurs :
Viens , oh ! viens dans mes bras !

(*il la serre tendrement contre son sein.*)

SCÈNE VI.

ODÉIDE, SALÉMA, FARHAN, ABUFAR.

ABUFAR, *sans être apperçu, regardant Farhan lorsqu'il presse tendrement sa sœur contre son sein.*

QUE vois-je, ô ciel !

FARHAN.

Je meurs.

(*à ses sœurs.*)

Oui, c'est lui ; cachez-moi : dieu, quelle est sa colère!
Mes sœurs ! mes sœurs !

ODÉIDE; *elle disparoît avec Saléma.*

Sortons.

FARHAN.

Où fuirai-je ?

SCÈNE VII.

FARHAN, ABUFAR.

FARHAN.

Mon père...

ABUFAR.

Moi ! je n'ai point de fils. Je me souviens qu'un jour
J'en crus posséder un bien cher à mon amour.
On le nommoit Farhan. J'élevai sa jeunesse ;
J'avois fondé sur lui l'espoir de ma vieillesse ;
Mais j'ignore en quels lieux il a porté ses pas.

FARHAN.

S'il étoit devant vous ?

ABUFAR.

Je ne l'apperçois pas.
Mais le nouvel objet qui frappe ici ma vue,
M'a saisi tout à coup d'une horreur imprévue.
En cherchant dans ton cœur, me dirois-tu pourquoi,
Quand j'observe ton front , je frémis malgré moi ?
N'est-ce pas (ton maintien , ton œil , tout m'en assure)
Que l'aspect d'un ingrat fait souffrir la nature ?
Ton père , réponds-moi , lorsque tu l'as quitté ,
T'accabloit-il du poids de son autorité ?
Etoit-il un tyran ? fuyois-tu ses caprices ,
L'excès de sa rigueur , l'exemple de ses vices ?
Mais s'il sentoit pour toi ce vif et tendre amour
Que tu devois, ingrat , si mal payer un jour ,
Comment à ses regards osés-tu reparoître ?
Non , ce n'est point ici que le ciel t'a fait naître.

Vas

Va revoir ces climats, ces palais enchantés,
Où règnent les tyrans, l'or et les voluptés ;
Où le mépris des mœurs, où d'horribles maximes
Ont de leurs traits hideux dépouillé tous les crimes.
Que t'ont fait nos déserts ? De quel front reviens-tu
Y mêler l'air du crime à l'air de la vertu ?
Ne t'ai-je pas surpris parlant avec mes filles ?
Il faut dès ce moment avertir les familles,
Leur annoncer... Que dis-je ? il n'en est pas besoin,
Et je me dois ici charger d'un autre soin.
Va-t-en, fuis, (pour te voir mon horreur est trop forte ;)
Va-t-en chez des méchans : où tu voudras, n'importe.
Ce même sol tous deux ne peut plus nous souffrir.
Va, fuis, sors de ma tente, ou je vais en sortir.

FARHAN.

J'obéis, il le faut, à la voix paternelle ;
Sans doute avec douleur, mais sans me plaindre d'elle.
Le voyageur pourtant, le mortel égaré,
Consumé par la faim, par la soif dévoré,
En tout temps trouve ici la tente de mon père,
Le pain qui le nourrit, l'eau qui le désaltère,
Dans la main d'Abufar le gage de sa foi ;
Mais sa tente et son cœur se sont fermés pour moi.
Pour moi dans l'univers il n'est plus qu'un asyle.
Je m'en vais donc goûter enfin, calme et tranquille,
Cette hospitalité, ce doux et long repos
Qu'un malheureux du moins trouve au fond des tombeaux.
J'approcherai sans peur du juge incorruptible,
Qui lit seul dans les cœurs et n'est pas inflexible.
Peut-être à mes raisons, s'il m'avoit entendu,
Le sévère Abufar se seroit-il rendu.
Je perdrai peu de chose en perdant la lumière ;

C

Mais j'emporte au tombeau la haine de mon père :
Voilà le dernier coup pour ce cœur abattu.
Adieu, je vais mourir.

A B U F A R.

Eh bien ! que diras-tu ?

F A R H A N.

Je dis que le destin, que le ciel dans mon ame
Versa de nos climats et l'ardeur et la flamme ;
Qu'un besoin fatiguant, un desir furieux
De sortir de moi-même et de voir d'autres cieux,
Un de ces mouvemens qui commandent en maître,
Que l'instinct nous inspire ou la raison peut-être,
M'ont emporté par-tout ; dans ces champs fécondés
Par les trésors du Nil dont ils sont inondés,
Sous ces affreux rochers battus par la tempête,
Où ce fleuve s'enfonce et cache encor sa tête.
J'ai couru les déserts et les palais des rois,
Observé chaque peuple, et leur culte, et leurs loix,
Leurs trésors, leurs soldats, leurs mœurs, les origines ;
Visité des tombeaux, des temples, des ruines ;
Quelquefois sur l'Atlas, médité près des cieux
L'éternité du temps, l'immensité des lieux.
C'est-là que, m'emparant de la nature entière....

A B U F A R.

Et tu n'avois donc pas de famille et de père ?
Tu n'as donc rien aimé ? Qui, dans ton cœur, hélas !
Porta cette fureur que je ne conçois pas ?
Le bonheur est le but où tout mortel aspire,
Et le chemin des mœurs peut seul nous y conduire.
Mais ce but, ce bonheur, où donc le cherchois-tu ?
Faut-il aller si loin pour trouver la vertu ?

Eh quoi ! n'avois-tu pas, dès ta plus tendre enfance,
Goûté de nos travaux le charme et l'innocence,
Cette paix des déserts, ces doux, ces nobles soins
Qui parmi nous du pauvre ont prévu les besoins ?
N'avois-tu pas connu nos heureuses familles ?
Vu nos chastes hymens, la pudeur de nos filles ?
Tes sœurs, dont le soupçon n'oseroit approcher ?
Au bout de l'univers qu'allois-tu donc chercher ?
Des loix ? grace à nos mœurs nous n'en avons aucune.
Des trésors ? nos troupeaux font seuls notre fortune.
Des tombeaux ? c'est ici que dorment nos aïeux.
Des temples ? vois la terre et regarde les cieux.
Tout ici, mon enfant, sous une image pure,
Offre à nos yeux charmés l'auteur de la nature :
Par-tout dans ses bienfaits nous voyons son amour ;
Sa grandeur resplendit dans le flambeau du jour.
La nuit, quand nous levons nos mains vers les étoiles,
Dieu n'est-il pas présent sous ses augustes voiles,
Dirigeant d'un coup-d'œil le cours silencieux
De ces globes brillans dispersés dans les cieux ?
Cet air, ce sol natal, cette douce patrie,
N'a donc rien dit, hélas ! à ton ame attendrie ?
Rien donc auprès de nous n'a pu te retenir ?
Avois-tu donc si-tôt perdu le souvenir
De Ténaïm, l'appui de ton âge timide,
De ta sœur Saléma, de ta sœur Odéide,
De moi, car à mon tour je puis être compté ?
Ton cœur en me quittant n'a donc point palpité ?
   Non, je ne croirai point que mon fils inflexible
Sous des dehors heureux cache un cœur insensible :
Mon fils n'est point barbare, il n'a point échappé
Aux premiers mouvemens dont tout homme est frappé.

C 2

Il faut de toi , mon fils , il faut que je m'assure ,
Qu'un hymen vertueux t'enchaîne à la nature.

F A R H A N.

Quoi ! l'Hymen.....

A B U F A R.

J'ai vieilli , je sais ce que je veux :
Ton âge est imprudent , terrible , impétueux :
J'ai connu ses périls. Ce nœud si nécessaire ,
Si pur , si doux , l'hymen ! pourroit-il te déplaire ?
Regarde autour de nous. Ah ! lorsqu'en ces déserts
Nos sables agités ont obscurci les airs ;
Quand le soleil pâlit , quand les vents homicides
Elèvent jusqu'au ciel des montagnes arides ,
Et font voler au loin ces nuages brûlans
Sur les pas égarés des voyageurs tremblans ,
Le chameau mieux instruit , courbé sous la tempête ,
Dans le sable du moins ensevelit sa tête ;
Sans braver le péril , sage et fermant les yeux ,
Il trompe par instinct ces vents contagieux.
Trompe aussi ta jeunesse et son intempérie ;
Trompe aussi par raison tes sens et leur furie.
N'attends pas , dans ton cœur de mollesse abattu ,
Que l'air brûlant du vice ait séché la vertu.
Ah ! tremble d'outrager l'implacable nature ;
On ne la vit jamais pardonner son injure.
L'hymen , l'hymen peut seul , en engageant ta foi ,
T'arracher aux dangers dont je frémis pour toi.
Choisis dans nos tribus une épouse fidelle
Qui fixe ton bonheur et tes vœux auprès d'elle :
Que je puisse jouir de ta félicité ,
T'embrasser , me revoir dans ta postérité.
Crois-moi , suis mes conseils. Va , je suis sans colère ;

Rends-moi mon fils , Farhan , je t'ai rendu ton père.

FARHAN.

Non , vers l'hymen jamais rien ne peut m'entraîner ;
Rien ne peut m'y contraindre et m'y déterminer.
Je ne saurois souffrir un lien si funeste.
L'amour , je le combats ; l'hymen , je le déteste.
Je soutiendrai mes droits.

ABUFAR.

Tes droits ! et la vertu ?

FARHAN.

Je suis , je mourrai libre.

ABUFAR.

Eh ! malheureux , l'es-tu ?

FARHAN.

Je crois l'être , du moins.

ABUFAR.

Ce n'est qu'au vrai courage
A porter du devoir l'honorable esclavage.

FARHAN.

La liberté toujours m'offrira des appas.

ABUFAR.

Où la vertu n'est point , la liberté n'est pas.
Ne te souvient-il plus que quitter sa patrie
Est pour tous nos enfans un crime en Arabie ?
La malédiction des pères furieux ,
S'attache sur leurs pas avec celle des cieux.
Irions-nous oublier aux rives étrangères
La pudeur , le travail , les vertus de nos pères ,
Pour rapporter chez nous les vices corrupteurs.

De cent peuples nourris dans le mépris des mœurs?
Et voilà tes forfaits. Rebelle à la nature,
Rebelle à ton pays, barbare, ingrat, parjure...

F A R H A N.

Barbare ! ingrat !

A B U F A R.

Tu l'es. Par les mœurs consacrés,
Ces murs n'avoient point vu d'enfans dénaturés ;
Le ciel jusqu'à ce jour n'en avoit point fait naître :
Un seul, un seul parut, et mon fils devoit l'être.

F A R H A N.

Savez-vous, savez-vous pourquoi je vous ai fui ?
Je vous quittois alòrs, je vous quitte aujourd'hui :
Un ascendant fatal, terrible, que j'abhore,
M'a ramené vers vous et m'en éloigne encore.
Adieu.

A B U F A R.

Tu resteras.

F A R H A N.

Non.

A B U F A R.

Je t'en fais la loi.

F A R H A N.

Non.

A B U F A R.

J'aurai les moyens de m'assurer de toi.

F A R H A N.

C'est la fuite, la fuite, ou la mort que j'espère.
Adieu.

(*il va pour s'échapper.*)

ABUFAR, *courant à lui, le saisissant, et le serrant*
sur son sein.

Tu resteras dans les bras de ton père ;
Oui, dans mes bras, cruel ; tu n'en sortiras plus :
Tu ferois pour me fuir des efforts superflus.

FARHAN, *étonné, hors de lui.*

Qui me retient ?

ABUFAR.

C'est moi. Ta résistance est vaine ;
Mon cœur presse ton cœur, mes bras forment ta chaîne :
Voilà le seul lien qui t'arrête avec nous.
Veux-tu partir, Farhan ?

FARHAN.

Je mourrai près de vous.

ABUFAR.

Va, tout est oublié. Séchons tous deux nos larmes.
Si le joug de l'hymen a pour toi peu de charmes,
Diffère, j'y consens, mon fils à t'en charger :
Peut-être ce dégoût n'est-il que passager ;
Mais calme auprès de moi cette fougue orageuse
D'une ame trop ardente et trop impétueuse.
Reste avec Ténaïm, près de moi, de tes sœurs
Qui t'ont, même en ce jour, servi de défenseurs.
Nous perdons Fharasmin : tu l'estimes, je l'aime ;
Je viens de l'affranchir, de le rendre à lui-même ;
Mais c'est avec douleur que je le vois partir ;
Et parmi nous, peut-être, on peut le retenir.

FARHAN.

Comment, sous quel prétexte ?

ABUFAR.

A lui, par l'hyménée,
C 4

Si l'une de tes sœurs joignoit sa destinée ?

F A R H A N.

Laquelle ?

A B U F A R.

Saléma.

F A R H A N.

Saléma ! vous comptez
Qu'à cet hymen déjà ses desirs sont portés ?

A B U F A R.

Et quel seroit l'obstacle à ce nœud que j'espère ?
Son ame est libre encore , et Fharasmin peut plaire :
Leur âge les rapproche ; une douce langueur
De Saléma d'avance a préparé le cœur
A ce charme si pur , à ce bonheur suprême ,
Que doit l'épouse aimée au tendre époux qu'elle aime.
Unissons-nous tous deux pour la persuader.
Toi qui veux son bonheur , tu dois me seconder ;
Vantes-lui Fharasmin , ses vertus , sa jeunesse :
Dis-lui que cet hymen , consolant ma vieillesse....
Mais j'observe en tes yeux des marques de douleurs :
Tu gémis , je le vois , d'avoir causé mes pleurs !
La source en est tarie. En quittant la lumière ,
A tes deux sœurs dans toi je laisse un second père.
C'est mon plus doux espoir , c'est mon dernier plaisir ,
Et tu m'ouvres des bras où je pourrai mourir.

(il sort avec son fils.)

F I N D U S E C O N D A C T E.

ACTE III.

SCÈNE PREMIÈRE.

FARHAN, *seul.*

Saléma va venir. Farhan , que vas-tu faire ?
Pourras-tu t'acquitter des ordres de ton père ?
Quoi ! c'est l'hymen , l'hymen qu'il lui faut proposer !
Et c'est moi , Saléma , qui dois t'y disposer !
Que viens-je ici chercher ? Quelle est mon espérance ?
Qu'ont de commun entre eux le crime et l'innocence ?
Seroit-il un instinct dont l'horrible pouvoir
Formât l'attrait du crime et l'ennui du devoir ?
Quoi ! je brûle ! et pour qui ? pour ma sœur, oui, pour elle.
Je cache en l'abhorrant ma flamme criminelle.
Quel est donc , Saléma , ce chagrin si profond
Qui trouble ton esprit , l'accable , le confond ?
Mais si ce long ennui que ton front fait paroître
Etoit né de l'amour.... il le cache , peut-être.
Qui sait si sa langueur.... Non , non : ce Fharasmin
De la Perse jamais ne prendra le chemin.
N'ai-je pas observé ses yeux pleins de tendresse ,
Dans ceux de Saléma confondre leur tristesse ?
La rechercher , la suivre , à regret la quitter ?
Saléma le retient , je n'en saurois douter.
J'ai vu dans ses regards , dans son ame inquiète ,
Les signes trop certains d'une flamme secrète.

Se pourrait-il ?... O ciel ! je sens que mon courroux...
Est ce à toi, malheureux ! à toi d'être jaloux ?
Je ne m'étonne plus si le ciel me déteste,
Si mon père a frémi de mon aspect funeste !
Ciel, venge la nature : arrache-moi le jour,
Avant que je déclare un si coupable amour.
Que je crains le moment de nous trouver ensemble !

SCÈNE II.

FARHAN, SALÉMA.

FARHAN, *qui continue.*

(*à part.*)

La voilà : je frémis.

SALÉMA, *à part.*

Je l'apperçois : je tremble.
Ciel ! sous tes feux vengeurs que j'expire soudain,
Plutôt qu'un tel secret s'échappe de mon sein !

FARHAN.

Je vous vois donc.... je puis....

SALÉMA.

Farhan, c'est vous !... Mon frère...
Eh bien !... vous l'avez vu.

FARHAN.

Qui donc, ma sœur ?

SALÉMA.

Mon père....
Hélas ! avez-vous pu soutenir son courroux ?

FARHAN.

Ma sœur, je l'ai fléchi.

S A L É M A.

J'avois tremblé pour vous.
Des pères irrités la menace est terrible ;
Mais leur cœur, grace au ciel, n'est jamais inflexible.
Quels que soient leurs enfans, leur colère envers eux
Est souvent la douleur de les voir malheureux.

F A R H A N.

De quel mortel, ma sœur, le ciel nous a fait naître !
C'est la vertu, je crois, qui vient de m'apparoître.
Quels traits et quels discours ! Mais comment l'imiter ?

S A L É M A.

Ah ! vous ne voudrez plus, mon frère, le quitter.
Quand vous êtes parti pour ces lointains rivages,
Votre esprit de nos traits emporta les images :
Ces souvenirs pourtant, avec tous leurs appas,
N'ont pas toujours, mon frère, accompagné vos pas.
Mais, nous, dans ces déserts, au calme, à la constance,
Au doux recueillement instruits dès notre enfance,
Dans nos cœurs, avec soin, nous gardons imprimés
Les premiers sentimens qui les ont animés.
Leur tendre affection ne meurt point par l'absence ;
Elle vit de regrets, de douleur, de silence.
Ils ne vous ont point dit, ces rivages jaloux,
Que nos cœurs vous suivroient, qu'ils voloient près de vous.
Eh ! comment de si loin concevoir nos alarmes,
Entendre nos soupirs, se figurer nos larmes ?
Vous n'avez pas songé, mon frère, à nos douleurs.

F A R H A N.

Hélas ! peut-être alors versois-je aussi des pleurs.

S A L É M A.

Tu vois sur ce sommet ces deux palmiers fidèles
Qui confondent entre eux leurs ombres fraternelles.

F A R H A N.

Eh bien?

S A L É M A.

C'est à leurs pieds, le jour, le triste jour
Où pour d'autres climats tu quittas ce séjour ;
C'est à leurs pieds, Farhan, qu'immobile, interdite,
De mes regards au loin j'accompagnai ta fuite.
Au bout de l'horison, mes desirs et mes yeux
Reculoient, pour te suivre, et la terre et les cieux ;
Je volois sur tes pas aux portes de l'aurore.
Je ne te voyois plus, je regardois encore :
Quel fut mon désespoir, quand mon œil égaré
N'appercevant plus rien. ..

F A R H A N.

Qu'as-tu fait ?

S A L É M A.

J'ai pleuré.

F A R H A N.

Est-il vrai, Saléma ? Tu répandis des larmes ?
Des pleurs pour moi versés ont pu ternir tes charmes ?
Hélas ! qu'en cet instant n'étois-je auprès de toi ?

S A L É M A.

Hélas ! qu'en cet instant vous étiez loin de moi !

F A R H A N.

Je te vois donc enfin ! Mais que ton front paisible
Nous cache un cœur ardent, pur, fidèle, sensible,
Capable du plus doux, du plus tendre retour !
Quel bonheur l'attendoit s'il eût connu l'amour !
Mais dis : dans nos tribus, tes yeux ont pu sans crime
Distinguer quelque objet digne de ton estime ;
Quelque fils de nos chefs....

S A L É M A.

Aucun.

F A R H A N.

Quelque étranger...

Soit Mède, soit Persan....

S A L É M A.

Aucun.

F A R H A N.

Pour t'engager

Sous les loix de l'hymen, si les vœux de mon père
M'avoient prescrit....

S A L É M A.

Grand dieu ! N'achève pas, mon frère.

F A R H A N.

(à part.)

Je respire , ô bonheur ! Jamais donc, je le voi,
Les flambeaux de l'hymen ne brilleront pour toi?

S A L É M A.

Jamais. Mais vous, Farhan, dans votre longue absence,
(Si pourtant j'ose entrer dans cette confidence,)
Vous n'avez pas senti votre cœur arrêté
Par un charme plus doux que votre liberté?

F A R H A N.

Ma sœur, tu vois d'ici ces tombeaux de nos pères,
Où tu pleuras souvent sur des cendres si chères ;
Tu vois ces froids cercueils, ce séjour du repos
Où vont de nos desirs se briser tous les flots ;
Ce port de la vertu que le malheur implore ;
Qu'à l'instant sous tes yeux le trépas me dévore,
Si l'amour ou l'hymen, quels que soient ses attraits,
Par le moindre serment peut m'enchaîner jamais !

S A L É M A.

(cachant sa joie.)

Je vous crois. Mais d'où vient que vos yeux pleins de larmes
A fixer ces tombeaux semblent trouver des charmes?

Est-ce à vous, libre, errant, fougueux dans vos desirs,
A goûter comme moi ces funestes plaisirs ?
Cette douleur, hélas ! peut-elle être la vôtre ?

F A R H A N.

Les extrêmes, ma sœur, sont bien près l'un de l'autre.

S A L É M A.

Vous allez être encor loin de nous entraîné ?

F A R H A N.

Mon sort, en tous les lieux, est d'être infortuné.

S A L É M A.

Infortuné ! comment ?

F A R H A N.

Crois-moi, dans leur furie
Les cœurs les plus ardens ont leur mélancolie.
Dans un songe pénible, abusés par leurs vœux,
Ils traînent l'impuissance et l'espoir d'être heureux.
Leur obstacle au bonheur, c'est leur vertu peut-être.
Ce n'est que pour souffrir que le ciel les fit naître.
Leur sensibilité les trouble et les détruit.
Emportés par l'attrait d'un bonheur qui s'enfuit,
Ils embellissent trop une image si chère.
Ce qu'ils aiment s'échappe ou n'est point sur la terre.
La terre sous leurs pas fait germer tous les maux.
Ah ! nos pasteurs errans, suivis de leurs troupeaux,
De déserts en déserts parcourent l'Arabie ;
De douleurs en douleurs je traverse la vie.

S A L É M A.

Farhan ! mon cher Farhan !

F A R H A N.

Oh ! que dès mon berceau
N'ai-je suivi ma mère au fond de son tombeau !

S A L É M A.

Comme une fleur, hélas ! je la vis disparoître.

F A R H A N.

Comme une fleur, hélas! tu vas tomber, peut-être.

S A L É M A.

Tu me regretterois! Tu m'aimes donc?

F A R H A N.

O cieux!

Si je t'aime!

S A L É M A.

Des pleurs obscurcissent tes yeux.

F A R H A N.

O Saléma!... ma sœur.....

S A L É M A.

Que ce mot a de charmes!

F A R H A N.

Non. Tu ne connois pas la source de mes larmes.

S A L É M A.

Quel est donc ce secret?

F A R H A N: *il la serre sur son sein.*

Viens dans mes bras, je meurs.

Comme ton cœur gémit!

S A L É M A.

Il s'est rempli de pleurs:

Je crains de le presser.

F A R H A N.

Ma sœur!

S A L É M A.

Que veux-tu dire?

Ah! parle.

F A R H A N.

Ecoute.

S A L É M A.

Eh bien!

F A R H A N.

Je me tais, et j'expire.

S A L É M A.

Ah ! quels que soient tés maux , c'est trop être abattu.
Du courageux Farhan où donc est la vertu ?
Que ta sœur te console. Eh ! quels noms sur la terre
Sont plus doux que ces noms et de sœur et de frère ?
Qui nous empêchera, dans nos tendres discours ,
D'épancher nos douleurs, de nous voir tous les jours ?
La nuit de tes chagrins deviendra moins profonde :
Heureux dans ces déserts, oubliés , loin du monde,
Nous dirons : Pour s'aimer , le ciel y renferma
Saléma pour Farhan, Farhan pour Saléma.
Nous pourrons tous les deux , empressés à lui plaire,
Couvrir de nos respects la vieillesse d'un père ;
Honorer Ténaïm , lui payer tout le soin
Dont long-temps sous ses yeux notre enfance eut besoin.
Allons ; n'attendons pas qu'une langueur obscure ,
Dans nos cœurs accablés ait éteint la nature.

F °A R H A N.

Eh bien ! j'en vais sentir le charme et la douceur.
Je cède à Saléma , j'obéis à ma sœur.
C'est ma sœur qui le veut, c'est l'amour qui me guide ,
L'amour, le tendre amour que j'ai... pour Odéïde,
Pour mon père, pour toi, pour Ténaïm. Je sens
Que déjà ce bonheur a ravi tous mes sens.

S A L É M A.

Et moi, je goûterai sous les yeux de mon père
Ce plaisir si touchant de consoler un frère.

F A R H A N.

Je vois mon père, ô ciel ! Sortons de ce côté.

(à part, avec joie.)

Allons, je n'ai rien dit.

        S A L É M A , à part, avec joie.

             Mon secret m'est resté.

                 S C È N E

SCENE III.

SALÉMA, ABUFAR, un ARABE.

ABUFAR.

FARHAN t'a-t-il parlé?

SALÉMA.

De quoi?

ABUFAR.

De mon envie
De fixer Fharasmin au sein de ma patrie,
Et d'obtenir de lui, par un hymen heureux,
Les soins d'un ami tendre et d'un fils généreux?

SALÉMA.

Il ne m'en a rien dit. Mais ce projet d'un père
N'a rien pour vos enfans qui puisse leur déplaire.
Le bonheur qu'en ces lieux nous goûtons près de vous
Va s'augmenter encor par des liens si doux.
Puisque pour Fharasmin votre choix se décide,
Vous comblerez ses vœux, car il aime Odéide.

ABUFAR, *avec étonnement.*

Il aime Odéide?

SALÉMA.

Oui.

ABUFAR.

Quel bonheur!

SALÉMA.

Je le croi.

D

Je vis près de ma sœur : sans lui manquer de foi,
Je puis vous assurer que son penchant d'avance
Prêtera quelque charme à son obéissance.
Cet hymen peut ainsi s'accomplir dans ce jour.

A B U F A R.

Et le ciel par mes mains bénira leur amour.
Que l'on cherche mon fils, Fharasmin, Odéide.
(l'Arabe sort.)

Oh ! du ciel à mes vœux si la bonté préside ,
Je vais donc, au déclin de mes jours pâlissans ,
Du bonheur de ma race entourer mes vieux ans !

SCÈNE IV.

SALÉMA , ABUFAR , TÉNAIM , ODÉIDE, FHARASMIN , FARHAN.

A B U F A R , à Pharasmin.

Tu ne l'ignores pas , je t'estime , je t'aime ,
Et tu peux désormais disposer de toi-même.
De vivre auprès de moi, ton cœur est-il jaloux ?
Réponds ; veux-tu partir, ou rester près de nous ?
Tu n'as qu'à dire un mot.

F H A R A S M I N.

Je reste.

(il tend la main à Abufar, et Abufar la lui touche.)

F A R H A N.

Ciel, qu'entends-je!

D'où peut naître pour lui cette faveur étrange ?
Un Persan ! un Persan !

ABUFAR.

N'a-t-il pas adopté
Nos climats, et nos mœurs, et notre liberté ?

FARHAN.

Qui ? lui !

FHARASMIN.

J'eus le besoin d'avoir une patrie ;
Tu la reçus du ciel, je me la suis choisie.

ABUFAR.

Sur lui, lorsque tantôt je t'ai dit mes desseins,
Tu n'as pas témoigné ces injustes dédains.

FARHAN.

Eh bien ! je dévorois une haine funeste.
Malheur à l'ennemi que ma rage déteste.

ABUFAR.

Songe que dès l'instant qu'il a touché ma main,
Il est pour nous un frère, et non plus Fharasmin.

FARHAN.

Il ne vous reste plus qu'à l'accepter pour gendre.

ABUFAR.

S'il desiroit ce nom ! s'il cherchoit à me rendre
Les respects et les soins d'un fils respectueux !
Si brûlant en secret d'un amour vertueux....

FARHAN.

Je ne souffrirai point qu'un étranger s'allie
A ce sang généreux qui m'a donné la vie,
A ce sang de ma race, à ce sang d'une sœur,

Ce sang qui la fit naître et qui coule en son cœur.
Au sein de cet éclat dont ta cour est jalouse,
Que ne vas-tu, Persan, te chercher une épouse ?
Qui donc t'arrête ici ? Sujet et courtisan,
Cours au pied d'un despote incliner ton turban :
J'ai droit de soutenir l'honneur de ma famille.
D'Abufar, en un mot, tu n'auras point la fille.

A B U F A R.

De quel front sous tes loix me croyant enchaîner...

F A R H A N.

Avant de l'obtenir il doit m'exterminer.
Nous n'avons plus tous deux qu'un seul mot à nous dire ;
L'un de nous doit mourir pour que l'autre respire.
Il faut que de ta main tu me perces le flanc,
Ou bien que de ce fer altéré de ton sang....

F H A R A S M I N.

Je n'ai point soif du tien, mais je sais me défendre ;
Pour toi, l'humanité se fait encor entendre.
Oui, j'aime ; oui, mon amour me retient en ces lieux.
J'espère....

F A R H A N.

Non, jamais....

A B U F A R.

                Moi seul, audacieux,
Moi seul, je peux ici disposer de ma fille :
Moi seul, je parle en maître au sein de ma famille.
(à Fharasmin.)
Ton secret m'est connu : je te donne en ce jour,
Avec le nom de fils l'objet de ton amour.

F A R H A N, *tirant son sabre.*

Ah ! plutôt dans son sang que ce fer se rougisse.

A B U F A R.

Arrête, malheureux !

F A R H A N.

Qu'il meure, qu'il périsse.
Défends, défends tes jours.

F H A R A S M I N, *tirant son épée.*

Eh bien ! dans mon courroux...
(*il remet son épée à Abufar.*)
C'est le sang d'Abufar que je respecte en vous.

A B U F A R.

Sobed ! Kébir !

SCÈNE V.

SALÉMA, ABUFAR, TÉNAIM, ODÉIDE,
FHARASMIN, FARHAN, SOBED, KÉBIR,
plusieurs jeunes Arabes attachés à la famille d'Abufar, qui les suivent.

A B U F A R, *à Sobed et à Kébir, et aux jeunes Arabes
de leur suite.*

A M I S, qu'une garde sévère
M'assure de Farhan. Allez, servez un père.
  (*à part.*)
Quels soupçons ! Ah ! d'horreur mes sens sont pénétrés !
(*Sobed et Kébir, et les jeunes Arabes emmènent Farhan.*)
Se peut-il.....

(*à ses filles et à sa sœur.*)

Laissez-moi, Fharasmin, demeurez.

(*Ténaïm sort avec Saléma et Odéide.*)

D 3

S C È N E   V I.

A B U F A R ,   F H A R A S M I N.

A B U F A R.

As-tu vu, mon ami, son crime et mon outrage,
L'excès, l'horrible excès de son aveugle rage ?

F H A R A S M I N.

Cet excès dans Farhan ne m'a point étonné.
Sa haine est un malheur qui m'étoit destiné.
J'en ai vu dès long-temps les signes manifestes ;
Elle éclatoit par-tout, dans ses yeux, dans ses gestes.
Elle a du s'exhaler par un transport soudain,
Sur-tout quand vos bontés honoroient Fharasmin.

A B U F A R.

Mais pourquoi ce transport a-t-il saisi son ame ;
Lorsqu'accueillant tes vœux, lorsqu'approuvant ta flamme,
De l'une de ses sœurs je t'ai promis la foi ?

F H A R A S M I N.

C'est un Persan captif qu'il voit toujours en moi.
Arabe du désert, libre et fier de sa race,
Aspirer à sa sœur lui paroît une audace.
Il pense que sa sœur ne se peut allier
Qu'avec l'Arabe seul dans l'univers entier ;
Né superbe et brouillant....

A B U F A R.

							Toujours, quand je l'accuse,
Ta générosité me présente une excuse.
Cependant je suis père, et je dois le premier

Chercher à le défendre et le justifier.
Mais j'interprète mal cette horrible furie.
Je crois....

FHARASMIN.

Que pensez-vous ?

ABUFAR.

O crime ! ô flamme impie !
Tout s'explique à mes yeux : voilà, voilà pourquoi
Ce monstre si long-temps s'est éloigné de moi.
J'ai découvert enfin le secret du perfide.
L'exécrable Farhan brûle pour Odéide.

FHARASMIN.

Odéide !

ABUFAR.

Oui, lui-même, oui, son infâme ardeur
Dans son éclat naissant dévoroit la pudeur.
Je l'ai vu, je l'ai vu d'une main frémissante
Presser entre ses bras une sœur innocente :
Il ne sauroit souffrir que t'assurant sa foi,
Je prépare un hymen entre Odéide et toi.
Il nourrit, il nourrit cette ardeur criminelle,
Ce détestable feu qui l'embrasa pour elle.
Je sens frémir mon cœur, se troubler ma raison,
L'inceste....

FHARASMIN.

Eh bien ! l'inceste.

ABUFAR.

Il est dans ma maison.
Crois-moi, jeune Persan, cherche une autre famille,
Un père plus heureux qui te donne sa fille.

D 4

F H A R A S M I N.

Je perdrois Odéide , Odéide ! et pourquoi ?

A B U F A R.

Ma race maintenant n'est plus digne de toi.

F H A R A S M I N.

Je pourrois vous quitter !

A B U F A R.

                   Telle est mon infortune !
O douleur ! ô regrets ! ô vieillesse importune !
Au lieu d'un fils soumis , et tendre, et vertueux ,
J'ai donc fait naître un monstre, un vil incestueux !
Et son opprobre , ô ciel ! deviendroit mon partage !
Je m'instruirois si tard à dévorer l'outrage !
Nos antiques tribus verroient dorénavant
Abufar avili dans Abufar vivant ;
Et ces cheveux sans tache aux yeux de ma patrie
Se montrer sur ma tête avec ignominie !
Malheureux, dont le crime a produit mon affront ,
Quand tu ne rougis plus , viens voir rougir mon front !

F H A R A S M I N.

Juste ciel ! vous pleurez !

A B U F A R.

                Où vois-tu donc mes larmes ?
Mon courroux contre lui va me donner des armes.
Oui, je jure, soleil, par ton sacré flambeau ,
Témoin dans nos climats de ce forfait nouveau ;
Je jure que mon bras , que ma juste furie,
Vengeant le ciel , les mœurs , ma race , ma patrie,
Pour épurer les airs et cet éclat du jour
Qu'un monstre a trop souillé par son profane amour;

Dans les flots de son sang, l'horreur de la nature,
Etoufferont ses feux, laveront mon injure,
Et priveront bientôt de ton aspect sacré
Le fils, l'indigne fils qui m'a déshonoré !

FHARASMIN.

Je tombe à vos genoux.

ABUFAR.

Voudrois tu le défendre ?

FHARASMIN.

Ne précipitez rien ; daignez au moins m'entendre.
Vous vous repentiriez bientôt de son trépas.

ABUFAR.

Un monstre ! un criminel !

FHARASMIN.

Non, non, il ne l'est pas.
Croyez-moi, j'en réponds. J'ose excuser sa flamme ;
L'amour innocemment est entré dans son ame.
Comment fuir en effet, vers le piège entraîné,
Le plus doux des périls qu'on n'a point soupçonné ?
Nourri près d'Odéide, il aura sans alarmes,
Laissé son jeune cœur se tourner vers ses charmes ;
Il aura cru la voir, sensible impunément,
Avec les yeux d'un frère et non pas d'un amant.
Il n'aura pas prévu qu'une amitié si pure
Lui cachoit un penchant proscrit par la nature ;
Qu'il connoîtroit un jour, mais trop tard éclairé,
De quel poison fatal il s'étoit enivré.
Oui, souvent ces déserts, dans leur vaste silence,
Auront de ses remords reçu la confidence.
Son amour vit encor dans son cœur combattu ;
Mais il gémit du moins domté par la vertu.
Moi, plus heureux que lui, plein d'une douce attente,

Je n'ai point rencontré ma sœur dans une amante ;
Et le destin pour moi, dans ce nouveau séjour,
N'avoit point séparé l'innocence et l'amour.
Plaignez, plaignez plutôt sa flamme involontaire,
Les efforts qu'il a faits, les efforts qu'il doit faire.
L'amour le poursuivoit ; il l'a craint, il l'a fui.
Le bonheur est pour moi, mais la gloire est pour lui.

A B U F A R .

Non, tu ne vaincras point le courroux qui m'anime.
J'ai lu dans tous ses traits la preuve de son crime ;
Vois comme dans ton sang il vouloit se plonger.
Il bravoit mon pouvoir, il m'osoit outrager !
Il suspend ton hymen, ton bonheur qu'il abhorre.

F H A R A S M I N.

Je l'attendis long-temps, je peux l'attendre encore.
J'étois, je suis toujours heureux de vous servir,
Et d'aimer Odéide, et de vous obéir.
Pour murmurer jamais, ma tendresse est trop forte.
Je reprendrai mes fers, dix ans, vingt ans, n'importe !
L'amour embellit tout, le présent, l'avenir.
L'on possède déjà ce qu'on croit obtenir.
Mais rendez-nous Farhan ; oui, bientôt, je l'espère,
Son respect, ses remords vont désarmer son père.
Des cœurs tels que le sien les combats sont affreux ;
Mais leurs efforts sont grands, sont prompts, sont généreux.
Farhan est votre fils. Non, jamais, quoi qu'il fasse,
Il ne démentira son sang ni votre race.
Non, je ne croirai point que le ciel en courroux
Laisse flétrir un sang transmis pur jusqu'à vous.
Vous l'avez dit cent fois à moi-même, à vos filles !
Les bonnes actions protègent les familles.
Dans des besoins cruels, et pauvre, et généreux,

Vous réserviez toujours la part du malheureux.
Le bien qu'on croit caché sort de la nuit obscure,
Et le ciel tôt ou tard le paie avec usure.

ABUFAR.

Tu connois mal mon fils.

FHARASMIN.

Vous l'accusez en vain.
Le repentir, le calme est déjà dans son sein :
Farhan n'est point coupable, inhumain ni perfide.

ABUFAR.

Tu le crois, Fharasmin ?

FHARASMIN.

Entendez Odéide ;
Entendez Ténaïm. Venez, je suis vos pas.
Vous lui rendrez son père, ou je meurs dans vos bras.
(*ils sortent ensemble.*)

FIN DU TROISIÈME ACTE.

ACTE IV.

SCÈNE PREMIÈRE.

ABUFAR, TÉNAIM.

ABUFAR.

J'ai suivi vos conseils ; il falloit vous complaire :
Ils sont libres tous deux. Mais d'un fils téméraire
Répondez-vous, ma sœur ?

TÉNAIM.

           Votre fils arrêté
Auroit perdu la vie avec la liberté.
Terrible, et l'œil farouche en sa fureur extrême,
J'ai tremblé que sa main n'attentât sur lui-même.
Mais de sa garde à peine il s'est vu délivré,
Que sans bruit sous sa tente il est soudain rentré.
Dans ses sombres regards, sur-tout dans son silence,
De ses sourdes douleurs j'ai vu la violence.
De son calme orageux rien ne peut le tirer,
Et même sa raison m'a paru s'altérer.

ABUFAR.

Et quels témoins plus sûrs demandez-vous encore
De l'exécrable feu dont l'horreur le dévore ?
C'est ainsi que le crime, à lui-même odieux,
Jusques dans son repos se trahit à nos yeux.

TÉNAIM.

Non, mon frère, jamais Farhân n'a dans son ame
Senti pour Odéide une coupable flamme.
Elle le justifie ; et si de Fharasmin
Pour sa sœur il rejette et l'amour et la main,
Ce n'est point qu'à nos vœux sa passion s'oppose :
C'est la haine, l'orgueil qui seul en est la cause.
Oui, l'orgueil seul, mon frère, a produit sa fureur.
La raison et le temps détruiront son erreur.
Odéide vous peut prouver son innocence.

ABUFAR.

Je veux que Fharasmin lúi parle en ma présence.
Oh ! si j'ai, dans leurs mœurs imitant mes ayeux,
Pèut-être mérité quelque grace à tes yeux,
O ciel ! fais qu'il soit pur d'un amour que j'abhorre !
Rends-moi le doux plaisir de l'estimer encore.
Que je puisse bientôt, le serrant sur mon cœur,
Par des pleurs d'allégresse abjurer ma fureur !

(Il sort.)

SCENE II.

TÉNAIM, *seule.*

Oui, bientôt Odéide, en défendant son frère,
Saura le disculper dans l'esprit de son père :
Il verra son erreur.

SCÈNE III.

TÉNAIM, FHARASMIN.

TÉNAIM.

C'est vous, cher Fharasmin !
Ah ! rendez grace au ciel, qui vous a fait humain !
Votre amour fut constant, pur, patient, timide :
L'amour va tout payer par l'hymen d'Odéide.
Farhan s'est appaisé. Puisse enfin son courroux
Ne pas jetter encor la terreur parmi nous !

(Elle sort.)

SCÈNE IV.

FHARASMIN, seul.

Oui, Farhan nourrissoit une haine cachée,
Sur moi depuis long-temps en secret attachée.
Mais je n'ai pas prévu qu'un jour dans sa fureur,
Il dût en s'oubliant me marquer tant d'horreur.
Eh quoi ! ce n'est donc pas Saléma qui l'enflamme !
Odéide est l'objet qui captive son ame.
Je m'étois donc mépris ! C'est dans Farhan, ô cieux !
Que vous deviez m'offrir un rival odieux !
Je ne m'étonne plus de sa rage homicide :
Je conçois cependant ses feux pour Odéide.
Plein d'un amour fatal, long-temps dissimulé,
Pour sa sœur quelquefois plus d'un frère a brûlé !

Farhan, qu'à tous les deux ton ardeur est contraire !
Pourquoi ne puis-je pas te chérir comme un frère ?
Tu me hais ; je te plains. Hélas ! dans ma pitié,
Je fais du moins pour toi les vœux de l'amitié.

SCENE V.

FHARASMIN, FARHAN.

FARHAN, *avec un grand calme.*

AH ! c'est toi, Fharasmin ! Mon père, sans alarmes,
Avec la liberté m'a fait rendre mes armes.
Plus calme maintenant, je confesse entre nous
Que tantôt j'ai trop cru mon aveugle courroux.
Hélas ! pour mon malheur le ciel me fit extrême ;
Il est de ces momens où l'on n'est plus soi-même :
Devant mes propres yeux je suis humilié.
J'eus tort : pardonne-moi.

FHARASMIN.

Va, tout est oublié.
Ta main, Farhan ?

FARHAN.

Ami, ta flamme est légitime.
Ma sœur peut te chérir ; tu peux l'aimer sans crime :
Et mon père, crois-moi, s'il écoute mes vœux,
Ne retardera pas le bonheur de vos feux.

FHARASMIN.

Pour son gendre, Abufar voudra me reconnoître ?

FARHAN.

Tu deviendras son fils.... son fils... le seul peut-être...

Adieu, cher Fharasmin.

FHARASMIN.

Où vas-tu donc, Farhan ?

FARHAN.

Retrouver près d'ici mon ami qui m'attend,
Cet ami généreux qui va, loin de ta vue,
Prêter tous ses secours à ma fuite imprévue,
Sans appareil, sans bruit, plus prompt que les éclairs,
M'emporter pour jamais au fond de nos déserts ;
Cet ami si sensible à ma voix qui l'appelle,
Qui lit dans mes regards, intrépide, fidèle,
Mon coursier est tout prêt.

FHARASMIN.

Tu nous fuis ! et pourquoi ?

D'où vient....

FARHAN.

J'ai mes raisons.

FHARASMIN.

Qu'entends-je ?

FARHAN.

Ecoute-moi.

Il est certains momens à saisir dans la vie.
A mes vœux pour jamais je sais qu'elle est ravie :
Je ne la verrai plus. Oh ! non ; jamais ces lieux
Ne m'offriront sa grace, et ses traits, et ses yeux :
Non, jamais ; c'en est fait.

FHARASMIN, à part.

Dieu ! quelle horrible flamme !

Quoi, sa sœur !

FARHAN.

Que dis-tu ?

FHARASMIN.

FHARASMIN.

> Le trouble est dans ton ame.

Tu parois méditer quelque projet affreux ?

FARHAN.

Je n'ai plus qu'un moment pour être vertueux.
Ce coursier... il est prêt .. ma sœur... Tous deux peut-être
Dans un instant... un seul, nous pouvons disparoître.

FHARASMIN.

Avec qui ? Quelle horreur !

FARHAN, *égaré, à part.*

> Oh ! non , je n'ai rien dit.

Une idée a pourtant occupé mon esprit.
   (*haut.*)
Dis-moi donc... que voulois-je? Ah! dans mon trouble extrême,
Je veux... je crains.... j'ai froid.

FHARASMIN.

> Rentre, hélas ! dans toi-même.

FARHAN.

Je me sens affaissé. N'es- tu pas averti
D'un changement dans l'air ?

FHARASMIN.
> Non.

FARHAN.

> Tu n'as pas senti

De ces vents du désert la dévorante haleine ?
Mon ami , mon cœur souffre , et je respire à peine.
   (*très-vivement, après un silence.*)
Je veux la voir.

FHARASMIN, *à part, avec douleur.*

> Qui donc? C'est Odéide : ô cieux !

E

(haut.)
Qui donc ?

FARHAN.

Je veux la voir , et mourir à ses yeux.

FHARASMIN.

Tu ne la verras pas.

FARHAN.

Quelle ame assez hardie
Pourroit m'en empêcher ?

FHARASMIN.

Moi , moi.

FARHAN.

Je t'en défie.
Mon bras...

FHARASMIN, *l'arrêtant sans violence et avec
amitié.*

Ton bras , Farhan , ne peut rien contre moi.

FARHAN.

Est-il possible , ô ciel ! Il s'est levé sur toi !

FHARASMIN.

Farhan , dans ton état , quand mon ami m'offense ,
Je crois qu'il est absent , et n'en prends point vengeance.

FARHAN.

Tu ne méprises pas un si lâche ennemi ?

FHARASMIN.

J'embrasse , en le plaignant , mon frère et mon ami.
Allons , reprends tes sens ; sois homme , allons.

FARHAN.

Ecoute :

Mon amour me consume; il est affreux, sans doute.
Je l'étouffe, il renaît : il cède ; il est vainqueur.
Quels feux ! Ah, Fharasmin ! mets ta main sur mon cœur.
La pointe du rocher que le soleil dévore,
De ce cœur embrasé n'approche point encore.
Ah, Saléma !

FHARASMIN, *à part, avec joie et surprise.*

C'est elle !

FARHAN.

Ah ! mon ami, je meurs !
Je ne la verrai plus. Tu vois mes feux, mes pleurs,
Mon trouble, mon tourment. Mais malgré leur atteinte,
Ma raison, grace au ciel, ne s'est jamais éteinte.
Oui, je peux l'attester ; oui, jusques à ce jour
J'ai haï, détesté mon exécrable amour.
Le ciel, le ciel m'entend ; je ne suis point coupable :
Non, je ne le suis point. Ce juge redoutable,
Ce rempart si sacré, je ne l'ai point franchi.
Ma volonté du moins n'a pas encor fléchi.
Mais, hélas ! ma vertu peut bientôt disparoître :
Il ne faut qu'un instant, un seul instant peut-être.
Je te conjure, ami....

FHARASMIN.

Parle, parle : de quoi ?

FARHAN.

D'être homme, d'être humain, de t'emparer de moi,
De ne point me quitter : je suis près de l'abîme.
Si j'allois l'enlever, me souiller par un crime !
Mon ami, tu m'entends ? Tiens, brave ma fureur,
Accable-moi de fers, ou me perce le cœur ;
Poignarde-moi plutôt.

F H A R A S M I N.

Ciel !

F A R H A N.

Mon ami, mon frère,
Ne me perds pas des yeux ; sois mon guide sévère ,
Mon témoin, mon garant.

F H A R A S M I N.

Je le suis.

F A R H A N.

Entends-tu ?
Te voilà maintenant chargé de ma vertu.
Je ne suis plus à moi : grace au ciel , je respire.
Ma raison , sur mes sens , a repris son empire ;
Et je t'assure même, en des momens si doux ,
Que de toi, Fharasmin , je ne suis plus jaloux.
Puisses-tu vers l'hymen , en entraînant son ame ,
Engager Saléma de répondre à ta flamme !

F H A R A S M I N.

Saléma ! C'est sa sœur dont je cherche la main.

F A R H A N.

Quoi ! sa sœur ! Odéide !

F H A R A S M I N.

Oui, sa sœur.

F A R H A N.

Fharasmin !
Tu ne me trompes pas ?

F H A R A S M I N.

Non, non, c'est elle-même.

F A R H A N, *après un long silence.*

Quelle étoit mon erreur !

FHARASMIN.

Depuis long-temps je l'aime.

FARHAN.

Et tu peux l'épouser ! Rends grace à ton destin.
Moi, je cède à mon sort. Adieu, cher Fharasmin.
Que l'amour le plus doux, l'amour pur et timide,
Charme à jamais ton cœur et le cœur d'Odéide.
Vivez long-temps heureux dans ces déserts sacrés,
De vous-mêmes connus et du monde ignorés.
De ton bonheur du moins j'emporterai l'image.
A ta vertu, bien tard, hélas ! je rends hommage ;
Mais, Fharasmin, pardonne à la fatalité
De ce cruel amour dont je fus tourmenté.
Quand je n'y serai plus, ami, sous cette tente
Prends pitié d'Abufar, de Saléma mourante.
Qu'elle ignore à jamais qu'un frère malheureux
Puisa dans ses regards ces détestables feux.
C'est l'amour qui t'a fait adopter l'Arabie.
Honore par tes mœurs ma race et ma patrie.
Et moi, loin de ces lieux je vais dans les combats,
Non chercher des lauriers, mais chercher le trépas.
Je ne cours qu'à la mort et non pas à la gloire.
Cher Fharasmin, adieu ; ne hais pas ma mémoire.
Souviens-toi de Farhan, long-temps ton ennemi,
Mais qui connut ton ame et qui meurt ton ami.
Je pars en l'adorant, pur et digne encor d'elle.

S C È N E   V I.

F H A R A S M I N , F A R H A N , K É B I R.

K É B I R.

F H A R A S M I N, sous sa tente Abufar vous appelle.
Il écoute Odéide, il écoute sa sœur.
Il voudroit vous parler.

F H A R A S M I N.

(à part.)

Je te suis. Quel bonheur !
Je te laisse un moment. Je vais trouver ton père.
Mais je le sens, ami, la fuite est nécessaire.
Hélas ! c'est le conseil, Farhan, que je te doi.
Il le faut, je le veux ; tu m'as donné sur toi
D'un garant, d'un ami, le pouvoir sans mesure :
Garant, je te l'ordonne ; ami, je t'en conjure.
Attends-moi. Je reviens.

(il sort.)

S C È N E   V I I.

F A R H A N , seul.

Oui, je l'ai résolu.
Le devoir me l'ordonne, et le ciel l'a voulu.
Adieu, de Samaël tribu paisible et chère ;
Tenaïm, Odéide.... adieu, sur-tout mon père !
Et toi que j'aime en sœur, que je tremble d'aimer,
Mais que d'un autre nom j'aurois voulu nommer,

Hélas ! déjà privé de sa fraîcheur première
Ton front, bientôt flétri, penchera vers la terre.
Il existera donc si loin de nos berceaux,
Un intervalle immense entre nos deux tombeaux !
Allons, vainqueur d'un feu que du moins j'ai pu taire,
Souffrant, mais sans remords, j'embrasserai mon père :
Et hâtant aussi-tôt mon départ imprévu,
Je fuirai, mais si loin....

SCENE VIII.

FARHAN, SALÉMA.

SALÉMA.

Quels apprêts ! qu'ai-je vu ?
Que méditeriez-vous ? Répondez-moi, mon frère.
Vous ne nous quittez pas ? vous aimez votre père :
Vos sœurs, votre patrie ont quelques droits sur vous ?

FARHAN.

Je sais ce que je dois.

SALÉMA.

Eh quoi ! si loin de nous,
Farhan, mon cher Farhan, voudrois-tu vivre encore?

FARHAN.

Ne m'interroges pas.

SALÉMA.

Où vas-tu ?

FARHAN.

Je l'ignore.

S A L É M A.

Crains-tu de voir l'hymen et les félicités
De deux cœurs innocens l'un de l'autre enchantés ?
Fharasmin et Farhan tous deux d'intelligence....

F A R H A N.

Je l'avois offensé , j'ai réparé l'offense.
J'ai confessé ma faute, il m'a tendu la main ,
Et tu vois dans Farhan l'ami de Fharasmin.

S A L É M A.

Je reconnois mon frère à ce noble courage.

F A R H A N.

Que mon père lui donne Odéide en partage ,
Qu'il goûte de l'hymen les plaisirs les plus doux ;
Je ne les verrai point avec un œil jaloux.

S A L É M A.

D'où vient que dans vos traits tant de tristesse est peinte?

F A R H A N.

Dans les vôtres, ma sœur, n'en vois-je pas l'empreinte ?
Vous redoutez l'hymen , comme vous je le fuis;
Chacun a le secret de ses propres ennuis.
Sans doute le destin (car à tout il préside),
Appella Fharasmin sur les pas d'Odéide.
Et pourtant d'autres cœurs trop faits pour se chérir ,
Nés sous les mêmes cieux , n'ont jamais pu s'unir.
Oh ! si j'avois trouvé, dans l'antique Assyrie,
Dans la féconde Égypte , ou la riche Médie,
Quelque objet vertueux qui me dût enflammer,
Qui fût né pour l'amour et qui craignît d'aimer,
Qui portât dans son sein , modeste et recueillie ,
Le doux, l'heureux trésor de la mélancolie,
Ce bonheur douloureux , cette tendre langueur ,
L'aliment, le plaisir , et le charme du cœur ;

En qui d'un autre cœur l'affection fidelle
Se gravât lentement, mais pour être éternelle ;
Qui se plût sans témoin, égarant ses douleurs,
Sur des cercueils épars à verser quelques pleurs ;
Qu'au milieu des cyprès mon œil eût pu surprendre,
Interrogeant les morts, et croyant les entendre,
Prêtant à des tombeaux sa sensibilité,
Cent fois plus ravissante encor que la beauté ;
Oh ! comme à ses genoux, soumis, tendre et fidèle,
Heureux de ses regards, heureux d'être auprès d'elle,
Oubliant l'univers, et vivant sous ses loix....

SALÉMA.

Mon frère, existe-t-elle ?

FARHAN.

Ah ! ma sœur, je la vois.
Mes regards enchantés.... Cest toi. Connois ma flamme,
Mes ardeurs, mes tourmens, les transports de mon ame.
Tu vois dans ces déserts l'image de mes feux ;
Muets, brûlans, sans borne, et terribles comme eux.
De mon aspect errant j'ai fatigué l'Asie,
Et le Nil, et l'Atlas, et la triple Arabie.
J'aurois voulu, courant, m'élançant loin de toi,
Sortir de cet amour qui fuyoit avec moi.
Vains efforts ! j'emportois ton image et tes charmes.
J'ai retenu mes cris, j'ai dévoré mes larmes ;
Mais pourtant quelquefois, laissant couler mes pleurs
Les échos étonnés m'ont rendu mes douleurs.
Enfin je suis venu, te cachant ton ouvrage,
Rapporter à tes pieds ma flamme et ton image.
J'ai tout fait pour me vaincre, ici même, en ce jour,
J'ai craint de t'avertir de mon fatal amour.
J'enchaînois, mais en vain, cet aveu qui te touche ;

Il sortoit par mes yeux, il erroit sur ma bouche.
Je souffrois, je brûlois, j'adorois tes appas.
Je te parlois d'amour, tu ne m'entendois pas.
Non, tu n'as pas su lire en mon ame éperdue....

S A L É M A.

Et toi-même, à ton tour, ne m'as pas entendue.
Quoi ! n'as-tu pas compris dans tout notre entretien
Tout l'excès d'un amour qui répondoit au tien ?
Dans mes regards au moins n'as-tu donc pas su lire ?
Mon air, mes yeux, ma voix, tout devoit t'en instruire.
Oui : sous ces deux palmiers d'où je t'ai vu partir,
J'allois chercher l'espoir de te voir revenir.
Je regardois au loin, j'interrogeois l'espace,
De tes pas vers mes pas je rappellois la trace.
Je hâtois, je pressois, j'implorois ton retour.
Je t'attendois la nuit, je t'attendois le jour.
Je te disois tout bas : oui, ta vie est la mienne ;
Viens me rendre mon ame errante avec la tienne.
Mes vœux sont exaucés ; enfin je te revoi,
Mon cher Farhan, mon frère ! O cieux ! écrasez-moi!

F A R H A N.

Anéantissez-nous ! c'est ma sœur !

S A L É M A.

C'est mon frère !
O cieux ! cachez ma honte au centre de la terre !
Un moment malgré moi mon cœur s'est égaré.

F A R H A N.

La vertu, le devoir, dans la mienne est rentré !

S A L É M A.

Notre crime est horrible.

FARHAN.

Il est involontaire.

SALÉMA.

Où fuir ?

FARHAN.

J'entends du bruit.

SALÉMA.

On vient.

FARHAN.

Dieu ! c'est mon père.

SCÈNE IX.

FHARAN, SALÉMA, ABUFAR, TÉNAIM,
ODÉIDE, FHARASMIN.

ABUFAR, *à Odéide.*

MA fille, grace à toi, je suis désabusé ;
Mon malheur est fini, mon courroux appaisé.
Mais il faut avant tout que mon cœur se soulage.
Mon fils, je l'avoûrai, je t'ai fait un outrage.
Oui, j'ai cru que ton ame avoit dans sa fureur,
Conçu pour Odéide, un amour plein d'horreur.
Je t'accusois à tort de cet énorme crime.
Je te rends ton honneur, mon amour, mon estime.
Confondons nos transports et nos embrassemens.

FARHAN, *interdit et se détournant.*

Mon père....

ABUFAR.

A quel effroi sont livrés tous tes sens ?

(*à Saléma.*)
Ma fille !

S A L É M A, *interdite et se détournant.*
Eh bien !... Mon père....

A B U F A R.
O ciel ! quel trouble extrême !
Que me faut-il penser ? M'abusé-je moi-même ?
(*à Saléma.*)
Ma fille, parle.

S A L É M A.
Hélas !

A B U F A R.
Vous frémissez tous deux.
Quel secret cachez-vous ?

F A R H A N.
Connoissez donc nos feux.
N'estimez plus un monstre, un coupable, un perfide.
Non, je ne brûle point pour ma sœur Odéide ;
Mais....

A B U F A R.
Va, ce mot suffit pour calmer mon courroux.
Nomme, nomme l'objet.

S A L É M A.
Il est à vos genoux.
Dans notre indigne sang étouffez notre flamme.

A B U F A R.
Avez-vous accueilli cette ardeur dans votre ame ?

F A R H A N.
Abandonnés du ciel, nous nous sommes tous deux
Avoué, dans l'instant, nos exécrables feux.

A B U F A R.

Sans craindre que ce ciel, pour vous réduire en poudre...

F A R H A N.

Le remords a sur nous tombé comme la foudre.

S A L É M A.

Il a mis dans mon cœur ses plus cruels tourmens.

F A R H A N.

Il m'accable à vos pieds.

S A L É M A, *tombant à ses pieds.*

Punissez vos enfans :
Je ne mérite plus le nom de votre fille.

A B U F A R.

Tu ne l'es pas.

F A R H A N, *avec joie.*

O ciel !

S A L É M A.

Quelle est donc ma famille ?

A B U F A R, *en montrant Saléma.*

Voilà, voilà l'enfant que d'une foible main
Sa mère, en expirant, a remis dans mon sein.

S A L É M A.

Quoi ! je suis cet enfant ? Quoi ! pouvois-je le croire ?
De mes propres malheurs j'ai raconté l'histoire !

A B U F A R.

Oui, mon cœur t'écoutoit, palpitant de plaisir :
De mes foibles bienfaits tu me faisois jouir.
C'est moi qui t'ai cachée au sein de ma famille.
On ignora ton sort ; je t'appellai ma fille.

J'entendois tous les jours, par une heureuse erreur,
Odéide et Farhan qui te nommoient leur sœur.
J'aurois craint à leurs yeux que tu fusses moins chère,
S'ils avoient à mon sang pu te croire étrangère.
Ce nom de mes enfans par tous les trois porté,
Conserva parmi vous la sainte égalité.
Quand dieu m'appellera, je pourrai sans alarmes
Vers lui lever mes yeux remplis de douces larmes,
Finir comme mon père ; et dans mon dernier jour,
Ainsi qu'il m'a béni, vous bénir à mon tour.
Oui, vos pieuses mains fermeront ma paupière ;
Voilà ce qu'en mourant m'avoit prédit ta mère :
J'ai secouru l'enfance, et j'en reçois le prix.
  (à Farhan et à Saléma.)   (à Saléma.)
Vos feux sont innocens. Je te donne mon fils.

S A L É M A.

Je ne quitterai point votre heureuse famille.

A B U F A R.

Dans l'épouse d'un fils j'embrasse encor ma fille.
F A R H A N.
Pour vous aimer tous deux nous voilà dans vos bras !
Ah ! quand je vous quittai, je ne vous fuyois pas !
J'obtiens donc sans remords une épouse si chère !
Elle est pour moi le prix des vertus de mon père.
A B U F A R.
Cher Fharasmin, la Perse est toujours loin de toi ?
F H A R A S M I N.
Odéide a mon cœur.
A B U F A R.
Qu'elle ait aussi ta foi.
O D É I D E, à Fharasmin.
Vous ne regrettez point les palais de l'Asie ?

F H A R A S M I N , *à Odéide.*

L'amour m'a fait par vous pasteur de l'Arabie.

(*à Abufar.*)

Je vous servis cinq ans; j'ai le prix de mes feux.

A B U F A R.

Donnez-vous tous la main, et soyons tous heureux.

(*Farhan et Saléma , Fharasmin et Odéide , tombent*
tous ensemble aux pieds d'Abufar ; chaque amant
donne la main à son amante : Ténaïm les contemple
avec joie et tendresse.)

O D É I D E.

Ah , Fharasmin !

S A L É M A.

Farhan !

A B U F A R.

Vivez long-temps ensemble :
Songez que , sous ma main , c'est dieu qui vous rassemble,
Et que de votre amour , pour l'avoir combattu ,
Il fait ici pour vous le prix de la vertu ;
Que c'est par le remords qu'il vous sauva du crime ;
Qu'il rend vos feux plus doux , votre hymen légitime ;
Que la bonté l'honore ; et que , chers à ses yeux ,
Les traits d'humanité sont écrits dans les cieux.

(*La toile tombe.*)

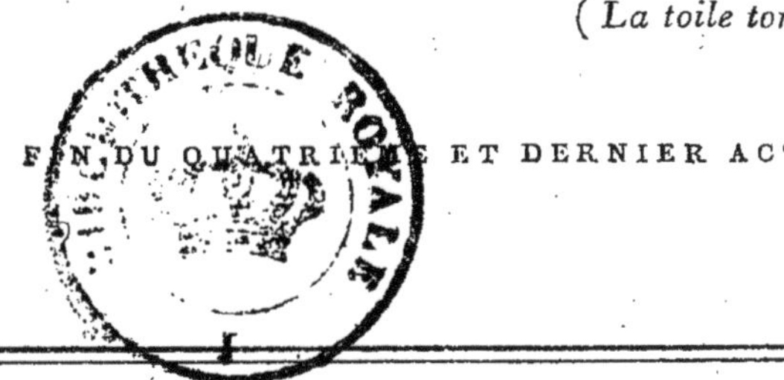

FIN DU QUATRIEME ET DERNIER ACTE.

De l'Imprimerie de C R A P E L E T , rue de la Harpe, n°. 155.

Pièces de théâtre qui se trouvent chez Barba, au magasin de Pièces de théâtre, rue André-des-Arts, N°. 27.

Amoureux (l') de quinze ans.	Bourgeois (le) Gentilhomme.
Abufar, ou la Famille arabe,	Bourru (le) bienfaïfant.
tragédie de *Ducis.*	Brouette (la) du Vinaigrier.
Ami des Loix (l'), de *Laya.*	Banquier (le), coméd. en 3 act.
Le même, nouv. éd. avec chang.	Bienfait (le) anonyme.
Avocat Patelin (l').	Bon (le) Fermier, de *Ségur.*
Ami (l') du Peuple.	Béverley ou le Joueur.
Azémire, de *Chénier.*	Belle (la) Arsène.
Amant Bourru (l'), de *Monvel.*	Brune (la) et la Blonde.
Amant (l') jaloux.	Briseis, tragédie.
Abdelazis, tragédie, de *Murville.*	Bourgeoise (la) de qualité,
Arlequin Perruquier, vaudeville.	Bienfait (le) récompenfé.
Aveugle (l') clairvoyant.	Britannicus.
Adélaïde.	Brutus.
Agnès de Chaillot.	Bûcheron (le).
Arlequin Sauvage.	Blanche (la) vermeille,
Amateur (l').	Baiocco.
Andromaque.	Bon Pere.
Adélaïde du Guesclin.	Bon ménage.
Adélaïde de Hongrie.	Blaise et Babet.
Amours (les) d'Eté.	Conciliateur (le) de *Dumoustier.*
Aristote amoureux.	Charles & Caroline, de *Lebrun.*
Avares (les deux), opéra.	Concert (le) de la rue Feydeau.
Aînée (l') des Papeffes Jeanne.	Charles IX, de *Chénier.*
Amour (l') filial.	Le même, belle édit. fig.
Alzire.	Conteur (le), par *Picard.*
Athalie.	Catherine, ou la belle Fermière.
Amis (les) à l'épreuve.	Cange, comédie. (Variétés)
Ajax, tragédie de *Poinsinet.*	Courtifannes (les).
Amans (les) généreux.	Confentement (le) forcé.
Agnès Barnau.	Complaifant (le).
Auteur d'un Moment.	Crifpin rival.
Avare (l') de *Molière.*	Concert de la rue Feydeau, vaud.
Le même grec & français.	Callias, drame, de *Hoffman.*
Amour & Valeur.	Commiffionnaire (le), coméd.
Alexandre-le-Grand, tragédie.	Caquets (les).
Amant (l') déguifé.	Céphife.
Amant (l') Statue.	Clémentine & Desormes.
Amitié (l') à l'épreuve.	Couronne (la) de roses.
Art (l') & l'Amitié.	Colonie (la).
Arlequin Sculpteur, vaudeville.	Cadi (le) dupé.
Barbier (le) de Séville.	Comte (le) d'Albert

Clochette (la).
Claudine.
Crimes (les) de la Nobleſſe.
Caïus-Gracchus, de *Chénier*.
Célibataire (le), de *Dorat*.
Cléopâtre, de *Marmontel*.
Chaſte (la) Suzanne.
Couvent (le).
Coriolan de la *Harpe*.
Comte de Vatron.
Cercle (le).
Cid (le).
Curieux (le) de Compiègne.
Coquette (la).
Coquette (la) corrigée.
Conciliateur (le), comédie.
Dettes (les).
Deſtruction (la) de la Ligue.
Détenus (les), fait hiſtorique.
Dragons (les) & les Bénédictines.
Dragons (les) en cantonnement.
Deux (les) Billets, de *Florian*.
Devin (le) du Village.
Déſerteur (le), de *Sédaine*.
— *Idem*, de *Mercier*.
Dupuis & Deſronays.
Démocrite amoureux.
Double Veuvage.
Didon, de *Le Franc*.
Dot (la).
Dépit (le) amoureux.
Dangers (les) de l'Opinion.
Départ (le) des Volontaires.
Décade (la deuxième).
Epicharis et Néron, de *Legouvé*.
Ecole des Pères (l'), de *Pieyre*.
Enfance (l') de J. J. Rouſſeau.
Eugénie, de *Beaumarchais*.
Eſprit (l') de contradiction.
Epreuve (l') réciproque.
Enfans (les) trouvés.
Ecoſſaiſe (l'), ou le Café.
Epreuve (l') villageoiſe.
Ecole (l') des Mères.
Evénemens (les) imprévus.
Epreuves (les) du Républicain.

Empyriques (les), de *Lebrun*.
Ecole (l') de village.
Entrevue (l') de *Vigée*.
Eſprit follet.
Ecole des Bourgeois.
Eliza.
Ecole (l') des Maris.
Ecole des Femmes.
Ecueil (l') des Mœurs.
Eſclave (l').
Ecole de la Jeuneſſe.
Epreuves (les), de *Forgeot*.
Famille (la) indigente.
Femmes (les), de *Dumouſtier*.
Fénélon, tragédie, de *Chénier*.
Feinte (la) par amour.
Français (le) à Londres.
Fou (le) raiſonnable.
Folies (les) amoureuſes.
Folie (la) du jour.
Fauſſes (les) confidences.
Festin (le) de Pierre.
Fauſſe (la) Agnès.
Femmes (les) Savantes.
Fête (la) d'Amour.
Fête (la) du Château.
Force (la) de l'habitude.
Folies (les) de Georges.
Fauſſes (les) Infidélités.
Femme (la) juge & partie.
Fou (le) par amour, de *Ségur*.
Fourberies (les) de Scapin.
Fleur-d'Epine.
Faucon (le), de *Sédaine*.
Fauſſe (la) Coquette.
Fermiers (les trois).
Glorieux (le).
Georges, ou le Bon Fils.
Galant (le) Coureur.
Gageure (la) imprévue.
Graces (les).
Gabriel de Vergy.
Gaſton et Bayard.
Gouvernante (la), d'*Aviſe*.
— *Idem*, de *Lachauſſée*.
Guerre ouverte.

Orphelin (l') de la Chine.
Orphée [le petit].
Orpheline [l'] de *Lebrun*.
Orphelin [l'] Anglais.
On ne s'avise jamais de tout.
Orphelin (l'), de *Lebrun*.
On fait ce qu'on peut.
Père (le) de Famille.
Prise de Toulon.
Prise de Paris, non jouée.
Philoctète, de *Laharpe*.
Pauline, en deux actes & en vers.
Pauvre Femme (la), comédie.
Philosophes (les), de *Palissot*.
Paysan (le) Magistrat.
Préjugé (le) à la Mode.
Préjugé [le] vaincu.
Partie (la) de chasse d'Henri IV.
Philosophe (le) marié.
Précieuses (les) ridicules.
Plaideurs (les).
Phèdre, de *Racine*.
Printemps (le).
Paul & Virginie.
Plus de Bâtards en France.
Philippe & Georgette.
Porte-Feuilles (les).
Petit-Maître (le) de Province.
Printemps (le), de *Piis & Barré*.
Robert chef de Brigands.
Richard, parodie de Richard III.
Roméo & Paquette.
Retour (le) imprévu.
Réconciliation (la) normande.
Rêveries renouvellées des Grecs.
Régulus.
Rosière (la) de Salency.
Rose & Aurele.
Réveil d'Epiménide.
Roi (le) & le Fermier.
Roméo & Juliette.
Siège (le) de Lille, comédie.
Suspects, (les) vaud.

Sapho, tragédie mêlée de chant.
Sophronie, de *Dumoustier*.
Sourd (le), ou l'Auberge pleine.
Sage (le) Étourdi.
Sidney, ou le Suicide.
Surprise (la) de l'Amour.
Sémiramis.
Stratonice, de *Hoffman*.
Soirée (la) orageuse.
Satyrique (le), de *Palissot*.
Sara, ou la Fermière Ecossaise.
Sabots (les).
Trois (les) Cousines.
Timoléon, tragédie, de *Chénier*.
Tartuffe (le), de *Molière*.
Tom-Jones, de *Desforges*.
Tom-Jones, *idem*.
Turcaret.
Tu (les) & Toi, de *Dorvigny*.
Tancrède, de *Voltaire*.
Tolérant (le), de *Dumoustier*.
Toinon & Nanette.
Tararre, de *Beaumarchais*.
Thémire & Floridor.
Visitandines (les), de *Picard*.
Vieux (le) Célibataire, coméd.
Veuve (la) de Cancale.
Vendangeurs (les).
Voyages (les) de Rosine.
Vraie (la) Bravoure, de *Picard*.
Victimes [les] cloîtrées.
Veuve (la) du Républicain.
Venzel, ou le Magistrat du Peuple.
Véritable [le] Ami des Loix.
Vendangeurs [les].
Veuve [la] de Malabar.
Venceslas, tragédie.
Vrais [les] Sans-Culottes.
Zelmire.
Zaïre.
Zémire & Azor.
Zélia, drame.

Nota. On trouve au même Bureau, un grand assortiment de Pièces de Théâtre, tant anciennes que modernes.

www.ingramcontent.com/pod-product-compliance
Ingram Content Group UK Ltd.
Pitfield, Milton Keynes, MK11 3LW, UK
UKHW022326070726
13614UKWH00002B/985